真腊使命

孔见 著

SPM
南方传媒　花城出版社

中国·广州

图书在版编目（CIP）数据

真腊使命 / 孔见著. — 广州 ：花城出版社，
2024.2
ISBN 978-7-5749-0180-3

Ⅰ．①真… Ⅱ．①孔… Ⅲ．①长篇小说－中国－当代
Ⅳ．①I247.5

中国国家版本馆CIP数据核字(2024)第020448号

出 版 人：张　懿
责任编辑：陈　川
责任校对：衣　然
技术编辑：凌春梅
封面设计：

书　　名　真腊使命
　　　　　ZHENLA SHIMING
出版发行　花城出版社
　　　　　（广州市环市东路水荫路 11 号）
经　　销　全国新华书店
印　　刷　佛山市迎高彩印有限公司
　　　　　（佛山市顺德区陈村镇广隆工业区兴业七路 9 号）
开　　本　787 毫米×1092 毫米　16 开
印　　张　13.5　1 插页
字　　数　200,000 字
版　　次　2024 年 2 月第 1 版　2024 年 2 月第 1 次印刷
定　　价　56.00 元

如发现印装质量问题，请直接与印刷厂联系调换。
购书热线：020－37604658　37602954
花城出版社网站：http://www.fcph.com.cn

周达观（达可） ｜ 元朝人。元成宗时期随使团出使真腊（今柬埔寨），担任翻译。返国后著《真腊风土记》，入《四库全书》，后被译为法、日、英等多国文字。

洪美莎哈（小美） ｜ 真腊女翻译官，父亲是丞相，母亲是华裔。

孛而只斤·铁穆耳 ｜ 元成宗，元朝皇帝。

和顺王爷 ｜ 元朝贵族，出使真腊的外交使团团长。

娜日迈公主 ｜ 为寻夫赵天俊（驸马）参加外交使团。

恩立金 ｜ 元朝御史中丞，外交使团成员。

张德谦 ｜ 元朝翰林学士，外交使团成员。

张诚 ｜ 元朝礼部尚书，负责外交事务。

张宦官 ｜ 外交使团随行成员，负责生活总务。

乌海 ｜ 元朝龙虎卫上将军，外交使团成员。

阔尔罕 ｜ 元朝贵族，外交使团成员。

庆格尔泰 ｜ 公主护卫，外交使团成员。

赵天俊 ｜ 元朝驸马，娜日迈公主的丈夫。

唆都元帅 ｜ 元朝驻占城军队总指挥。

孔大夫 ｜ 元朝外交使团随行医师。

真腊国王

真腊西哈亲王

真腊洪丞相

宾阿伽 | 真腊祭师。

山花 | 真腊姑娘，山寨寨主。救了元朝驸马赵天俊后与之结婚生子。

引 子

密林深处，一支元朝军队在狭路中行进。

荆藤交织，古木参天，在密不透风的枝叶下，成群的蚊虫令人窒息地轰鸣着。

士兵下马提刀，他们浑身通红，盔甲早已被汗水浸湿，浑身瘙痒无比。

这支训练有素的军队却没有因此停止前进，他们无声地在草叶中穿梭，几乎没有发出一点儿声音。

可是，潜伏在树上的真腊士兵，比他们更加安静。

一双双眼睛在树梢的荫翳后悄然闪烁，他们身披羽毛，以极少的布料遮体，面部被泥土和颜料完全覆盖，与密林完全融为一体。

突然，一只小动物从灌木丛中窜过，军队中泛起一阵恐慌。他们紧张地环顾四周，掌心摩挲着刀柄，可是什么事都没有发生。军中很快就平静了下来。他们以为这只是虚惊一场。

但是他们错了。这些士兵不知道，这是一个早有预谋的信号。

一阵刺耳的木哨声响起，随后便是一片嗖嗖的响声，仿佛落雨打叶。

可这不是落雨。

他们抬起头，斑驳的光影下，蚊群倏忽散开，千万支竹箭自空中坠落。

他们忙不迭抽出长刀，可已经太迟了。

草丛里，绳索拉紧，人马应声而倒。

有的士兵掉进陷阱，被竹签插穿足底。

有的士兵被竹刀刺中，瞬间身穿数洞。

有的士兵被巨大的木锤击中，粉身碎骨。

一个瘦弱的士兵扑倒在地，在草丛中滚了两圈才支起身子，惊恐地向周围张望。盔甲在他的身上显得笨拙又沉重。硕大的头盔下，一张文弱书生的白净面孔因为害怕和过敏而红得发肿。

绝境中，一个树洞出现在他的眼前，他猛地钻了进去。

书生蜷缩在树洞里，蜘蛛和蜈蚣从未见过人类，它们在他的身上肆无忌惮地爬行着。他浑身哆嗦，颤抖不已。

战斗很快就结束了。

元朝士兵的尸体在树洞口堆积起来，一开始散发着鲜血的腥味，后来变成了汹涌的尸臭。

夜暗星稀，日出月落，书生已经对时间失去了概念。他的神志在崩溃的边缘徘徊。耳畔，同伴的惨叫和呻吟还在不断回响。他不敢朝洞口张望，因为除了与一具具尸体四目相对，他什么也看不见。

后来，书生慢慢垂下了头，合上眼皮。他感觉身子越来越轻，狭窄的树洞突然变得辽阔起来，他缓缓浮起、旋转，在幽深无垠的黑暗中飘荡、飘荡、飘荡……直到有一双手从树洞外伸进去，将他硬拖了出来。

目录

第一章

去 而 复 返

（一）

海面风平浪静，夜空中星辰散布，银河流淌。已经是下半夜了，北斗星清晰可见。

船上，一位游子正仰望苍穹，紧紧盯着北极星的方向。

无数个日日夜夜，他在异国他乡望着这个星座，思念着家乡和父母亲人，今天他终于回来了。

他就是本书的主人公周达观，人们都亲昵地叫他的小名——达可。我们也这样叫他吧。

他中等身材，五官端正，相貌俊俏，虽然在外漂泊多年，皮肤却出乎意料的冷白，丝毫不见风吹日晒的痕迹。他从十六岁开始就跟随父兄下南洋经商，往来多次。而这一次，在国外一待就是十年，如今已年近三十，家人都盼望着他早日回来，娶妻生子。

达可的家乡是浙江温州永嘉。此地以手工业发达著称，南宋时被辟为对外通商口岸。温州人自古就有漂洋过海在外经商的传统。达可出生于南宋末年，战乱连绵，在温州人看来，能到海外经商与生活，不失为一个明哲保身的好法子。在局势安定以前，家人不曾主动让达可回来。直至国内战火稍息，家里才托人捎信让达可回乡成亲。

离家在外十余年，达可主要在南洋一带经商。他依托温州老乡在各国所建的商铺，做一些转手贸易，可始终没有建起属于自己的固定商铺。主要是因为父母希望他有一天能够回乡成家，而非定居海外。同时，达可也自觉年纪尚轻，喜欢到更多地方跑跑转转，开阔眼界，增长知识。他先后跑了东南亚、阿拉伯、非洲等地，主要集中在东南亚的爪哇、三佛齐、暹罗、真腊、占城、安南等国家。达可是一个非常聪明好学的年轻人，深受大家喜爱。这十几年来，行了万里水路，他的脑袋里装了不少经济实用的知识。这个小伙子虽没坐过书斋，却也是见识非凡。最重要的是，他在游历经商中掌握了不少地方话，并且都能够熟练使用交流。

此时，这个在船上望着星星的年轻人，根本没有意识到，他的生活即将天翻地覆。

"达可，过来吃碗粥吧，天都快亮了。"船长招呼道。

"好啊。"达可应声走来，站了一夜，也真的有点饿了。

进了指挥驾驶舱，船长用大碗给达可盛了一碗白粥，还配上了卤蛋和肉菜。

船长又端着酒盏走了过来："今天你就要下船了，按规矩就算给你送行了。一起在海上漂了个把月，风吹雨打，也算是同生共死的兄弟，咱们给你做了几个菜，算是送行酒吧，下次还不知道有没有缘分再上我的船。来，干一盏！"船长说着，把手中的黑瓷盏举了起来。

这宋朝的瓷器可是非常讲究，眼前的黑瓷盏是专门用来喝酒饮茶的，一盏能装二三两。

然而，与瓷器相比，这船更讲究了。

这艘船长十二丈（注：丈为中国古代计量单位，1丈约为3.333米），舵长数丈，一船就能载几百人，积一年粮食，还能在船上养猪酿酒。这种巨型大船专门跑远海，是具有优良水密舱结构的商船，放在当时全天下也非常罕见。

"兄弟，你这次回乡主要就是娶媳妇吧，怎么样，都准备好了吗？"船长关心道。

"爹妈在家都安排好了，就等我回去，元日就办。"达可回答。

"噢，现在离元日也没几天了，快了。怎么样，高兴吗？"

"这哪有不高兴的？熬到小三十的人了，心里急死了吧，像在热锅头似的。一夜站船头吹着，小心着凉冻病了。来！敬你一杯！祝你来年当爹！来！干一盏！"船长和往常一样热情。

"老大，你们要是不急着出海，元日在国内过，可一定要来看我成亲！我这盏一是邀请，二是感谢这一路上你们对我的照顾了。"达可说着，就举起了瓷盏。

船长连忙举盏："没说的，你老弟办大事，我能不去祝贺吗？到时候我给你送点丝绸和外国的宝贝，也要沾沾你的喜。"

达可赶紧起身："东西不用带，什么都有，人来了就行，您能来，是我前世修来的福！我先谢了！"

"看到灯火了，快到岸了！"舱外突然有人喊起来，许多人争相跑上甲板。

"进港！"船长对船工喊道。

这艘船就率先进港了。此时，天还未大亮。

达可第一个下了船，他回头向船长招手告别。船长一边擦着眼睛一边频频摆手。告别后，达可加快脚步离开码头，拐进了街道深处，一心只想着回家。归家心切的他根本不知道此时岸上发生了什么。

（二）

时间退回三个月前的一天清晨。

天还未大亮，大元朝铁穆耳皇帝刚睡下，寝宫门外就吵嚷起来，是他的大姐娜日迈公主跑来吵着有大事要晋见皇帝。原来，是公主接到前线密报——驸马爷赵天俊失踪了！

对此，皇帝并不惊讶，前不久他就已经知道了这个消息：驸马和十二王爷在进攻真腊国的行动中，误入敌人圈套，所率三千兵马几乎被全歼，驸马和王爷两人都在真腊战场上失踪，至今下落不明。这次行动是从占城进入真腊，所以后援部队无法知道详情，也很难增援营救。

据说，真腊是一个古国，历史悠久，一度十分强大昌盛，但长期以来大家对这个地方了解并不多。这次出事后，在东南亚的元朝大军分别被困在安南、占城、缅甸、暹罗、爪哇等战场，机动兵力不足，难以在近期抽调兵力进攻真腊，前方一时不知如何是好。面对这些情况，皇帝还没有来得及处理，公主就找上门来，吵着让皇上派兵打进真腊，营救驸马。劝退公主之后，皇帝紧急召开内阁会议。

两位大臣被紧急召集到皇帝的寝宫，他们都是在铁穆耳即位一事上出了大力的人物：中书右丞伯颜、中书左丞梁暗都刺。听到皇帝介绍情况之后，两人也是一筹莫展。

二位大臣心里十分清楚，铁穆耳新皇从忽必烈手中接过来的是什么样的天下：一方面，远征陷入僵局；另一方面，平定国内的反叛战争同样也是燃眉之急。

铁穆耳上台后，内部的权力争夺依旧不止不休。按理说，已经拿到忽必烈"皇太子宝"的铁穆耳，接班应该没有什么悬念，但是在一帮传统势力的鼓噪下，不得不召开一次忽里勒台大会来通过。会上，帝位的主要竞争者、铁穆耳的哥哥甘麻刺及其支持者发出了强烈的质疑之声，如果不是位高权重的伯颜在大会上按剑陈祖宗宝训，述忽必烈生前旨意，铁穆耳的上位会遇到极大阻力。

面对这些内忧外患，政治、军事、经济上的重重困难，铁穆耳如同被一张巨网罩住，每一天都有无数难题摆在他的面前，他不能不御批，可是他又不知道如何御批。

铁穆耳清楚，他的祖上成吉思汗和忽必烈都是能征善战的英雄，然而交到他手中的却是一个"烫手山芋"。一个难以管理和控制的机构，一个貌似强大却实际虚空的巨人，一个随时可能崩溃的大堤，它的边缘战火未尽，内部钩心斗角。他好像坐在一个随时都会炸裂的火山口，又好像驾驭着一匹难以驯服的烈马——必须想办法让它先停下来，不要坠落到悬崖下面，然后再慢慢地、慢慢地走到安全的地方……

在这个静谧的清晨，没人知道这紧闭的寝宫门后，大元帝国三位最有权势的人究竟在密谋着什么。

然而，在密谋结束后，以下的决定却是毋庸置疑的：组织一个权威的外交使团出使真腊，寻求和解，营救十二王爷和驸马，并顺带向东南亚各国的驻军统领传达新王铁穆耳新的对外策略。

此事越快越好。外交使团越早出发，或许就能多救回一些人。

三天之后，负责外交事务的礼部尚书张诚亲自率领张宦官等一众人马，飞速前往浙江庆元（今宁波），负责外交使团出行的准备工作。临行前，左丞梁暗都刺专门交代关于翻译人选甄选的一个细节：要尽快找到一个懂真腊语的好翻译，最好是年轻的，口语好，长相也好，因为事关成败，必须谨慎。

（三）

船长望着岸上黑压压的官兵，吓得呆若木鸡。

就在达可刚刚下船离开码头的时候，一支上百人的元朝军队就跑进港口，手握兵器，整齐地排列在船边，堵住了上下船的跳板，阻止任何人离开，有些下船的人还没来得及离开码头，又被赶回船上。

见到这个情景，船上所有人都吓坏了。船刚靠岸，黑灯瞎火的，很多人还没有下船离岸，能犯什么事啊？有的旅客甚至怀疑，是不是这船上带了什么违禁品？

这时，只见两个官员模样的人上了船："你们谁是船长？过来问话。"

船长赶紧把两个官员请进了驾驶舱。

"我是庆元府的知府，这位是京城来的张大人，我下面问你一些问题，你必须如实回答。"

船长紧张得连连点头，不知所措。这条船上没来过知府大人，更不用说还有从京城来的大人了。

"这条船是从哪里回来的？"知府问道。

"占城。"船长答。

"一共有多少人？"

"六百三十二人。"

"都是些什么人？"

"船员两百人，其他都是搭船的。"

"有几个人会说真腊话？"

"不太清楚，我去问一下。"

"快去，问完了把他们带进来。"

人都聚集在甲板上。一会儿工夫，八九个人被船长带进了驾驶舱。

知府看着眼前的老老小小，皱紧了眉头。

"你们都懂真腊话？"知府问。

一个老人点点头。

"您多大年纪了？"知府问。

"六十八了。"老人说。

看着这群人，老的老小的小，知府很不满意："还有人吗？"

这时，负责点验的官员进来禀告说："点验完毕，船上一共有六百二十二人。"

"不是六百二十三人吗，还有一个人呢？"

"还有一个人……"船长紧张了。

"他人呢？"

"下船回家了。"船长只好如实回答。

"这么快就下船了，叫什么名字？多大年纪了？"知府问。

"是温州永嘉人，叫达可。"船长。

"达可？这是什么名字，姓什么？"知府不高兴地问。

"他姓周，叫周达观，小名叫达可。"船长说。

"还不赶紧去追，磨蹭什么？"张宦官急了，"把他们带上一起去。"

知府赶紧带上船长去追达可。

（四）

明月清风，群山环抱中的永嘉城显得静谧。城边的一个小山村今晚格外热闹。

周家全家欢聚，欢迎海外游子达可归来。托人捎去的信有两年了，一直没个回复，在这战乱的年代，着实让人担心。而今天，达可居然从天而降，真是意外之喜。

达可是中午到的，父亲下午就亲自跑出去把大儿子家三口、大女儿家三口，再加上小儿子、小女儿以及周家几位德高望重的长者都请了过来。周家摆了四桌饭菜，给达可接风洗尘。母亲、大姐和妹妹亲自操持料理，做了一桌达可思念已久的温州家乡菜肴：清蒸石斑鱼、温州糯米饭、清蒸梭子蟹、梭子蟹炒赤豆糕、清蒸大黄鱼、温州盘菜生、油炸凤尾鱼……

大家拱手相贺，举盏畅饮。

席间，老人们免不了要询问一下达可这些年在海外的生活、经商情况，以及现在元朝军队在东南亚的战争进展。

作为一个生意人，这都是达可烂熟于心的事务。他说起被元朝军队称为"回易"的买卖，说起军队收购的船粮，说起价值万两的银砖……长辈们赞叹不已。

达可的同辈人却更想听冒险故事，他的小妹总是缠着他央求道："讲几个遇险的故事来听听嘛。"

这回，达可沉思了很久。他知道小妹口中轻松说出的"故事"二字，对他而言意味着什么。他也曾是听着这样的故事长大的，那时他根本不明白其中的分量，直到故事成为他的人生，而这些经历如今又将成为他人口中的故事。

达可的心中五味杂陈，可他看着众人期待的目光，终究还是开口了。

达可仿佛看见当年那个往爪哇贩粮食的年轻人，在海上遇到了上百条军船，它们往年轻人所在的船上射火箭，把帆给点着了，船也随之燃烧起来，不一会儿就沉没在波涛之中。船员都掉进了海里，身上出血的都被鲨鱼吃了。年轻人命好，在海上漂了三天三夜，终于漂到了一个小岛上。他孤苦伶仃一个人，仅靠岛上的果子和虫子果腹，后来幸运地被附近打鱼的渔民救了出来。

达可又看见这个皮肤白皙的年轻人到安南去采购，进了河内就遇上元朝军队进攻，结果房子都被火烧了。幸亏年轻的他跑得快，从火海里逃了出来，但身上没钱，一路上要饭往南走，最后进入老挝。这个年轻人剃发为僧，当了一年和尚，才又回到吴哥。

达可的眼前还浮现出清迈。那时他遇上了元朝军队，他们告诉他现在是大元啦。因为达可会说汉语，军人就把他抓了去当兵。达可死活不从，他们就把他捆起来，关在草棚里。晚上蚊虫叮咬，蜈蚣毒蛇出没，直到一个深夜，有个士兵发了善心，把奄奄一息的达可偷偷放了出来。达可在伸手不见五指的深山里拼命逃跑，掉进深山峡谷，摔断了腿。幸好被暹罗的山民救了，他们用草药治好了达可的腿，否则他根本不可能活到今天。

"不说了，不说了，让你出去是想躲避战乱，没想到外边更乱。早知道这样，还不如不出去。现在到处打仗，就没有太平的地方。咱们回家了，就不出去了。活，活在一起，死，死在一起，一家人再不分开。"达可的父亲听完，流下了眼泪。

祖爷爷感慨道："这天下什么时候才能太平啊，让咱老百姓过上安生的日子。"

达可也不想再出去了。这些年他最大的收获是天下百姓皆亲人，不管是哪里的人，见到他有困难、有危险就会帮他、救他，他这条命就是天下百姓给的。要不是遇到这么多好人，他也活不到今天。现在，达可最大的愿望就是战争早日结束。

达可的冒险故事讲完了，大家在一片唏嘘中纷纷举杯碰杯。

祖爷爷的心中还揣着另一件大事——达可的婚事。

达可的父亲打算明天就让达可上门送聘礼，然后让师爷选个良辰吉日就办了婚事，好好过个年。

饭后，众人尽散，灯火阑珊。达可的父母和达可商量了一会儿送聘礼的事之后，全家就闭门熄火睡了。

（五）

天将明时，一阵急促的敲门声突然传来，达可一家急忙穿上衣服，点上灯去开门。

开门一看，许多士兵点着火把，手持腰刀，站在门口。

一个官员模样的人大声问道："这是周达观的家吗？"

达可父亲惊慌回答："是。"

"谁是周达观，周达可？"

达可站出来："我，我是……"

"是他吗？"当官的从身后揪出一个人来问，达可一看——原来是船长。

船长抬头看看说："正是。"

当官的举起火把照亮达可："再看一遍，是不是？错了杀你！"

船长又看看："没错，就是他。"

"带走！"当官的一声令下，两个壮汉上来就把达可揪起来架走了。

妈啊！这要出多大的事，才有这个阵仗来抓人啊！全家人吓得魂不守舍，毕竟达可昨天才回家，还不到十二个时辰，谁也不知道他在外面犯了多大的事。所以，没有人敢吭一声。

达可被架上了一辆豪华马车，他坐在中央，两边各坐了一个官员。虽然没有说话和介绍，但是达可感觉到这两个人的官职一定不小，是这批人的头头。

在行进途中，两人死死地盯着达可看。但是，达可逐渐不那么紧张了，因为两人的目光并没有杀气，反而带着期许和欣赏。

许久的沉默后，突然有人问道："周达可，你懂真腊话？"是那个始终没有开过口的官员问的，他的官似乎更大一些，口音是北方人，好像是个宦官。

"懂一点，只是会说。"达可说。

"一点是多少？说得好吗？会有听不懂的吗？会打磕巴吗？"

达可差点笑了，这叫什么问题，但他还是老老实实地回答："一般来说，与人交流都能对付，也不会结巴。"

"噢，你在真腊住了多久？"

"前后加起来有五六年，比其他地方住的时间都长。"

两个官员会心对视了一下，问话的那个官员似乎在点头认可。

接下来的一路上，两个官员闭上眼睛打起了瞌睡。车停下来了，达可下车一看，原来是又回到了码头，来到大船边。那两个官员把达可交给了船长：

"这个人交给你，给我看好了，不能下船跑了，不能下海淹了，不能得病死了，有任何闪失就拿你全家是问，听明白了吗？"公公说。

船长点头表示明白了："那其他人可以放了吗？"

"放了吧。"旁边那个官员说。

船上的人欢天喜地下了船，所有人经过达可身边时都注视着他，目光中满是敬畏，有的人还向他点头示意。

其他人下船后，达可被带上船，一队官兵在码头上持刀列队，守护着这条船。

船长看起来很郁闷。

"什么情况啊？"达可问。

"我们也不清楚，你前脚下船，他们后脚就上了船，找会说真腊话的，问了几个都不满意，最后查点人头，差一个人，然后就找到你家里来了。"船长说。

这葫芦里装的是什么药啊？达可百思不得其解。

（六）

就在铁穆耳皇帝和心腹重臣们议论派遣外交使团出使真腊的翌日，早朝上，左丞梁暗都剌正式提出奏折，上报了真腊战事，提出派出外交使团出使真腊的想法，奏请皇帝批准。

这奏报刚一提出，就像一个火球炸了油锅，引起一阵暴风雨般的抨击：

"打一个小败仗算什么？胜败是兵家常事，打败了再打，直到打胜仗，军队才有士气。"

"真腊算什么，一个小部落，不打下来，怎么镇得住半岛？"

"我们是大朝，它们是小藩，凡事都得讲个理，要有天威，面子都没了怎么管天下？"

"打不过就派外交，这就是服输投降！"

"派外交使团去，又要送礼又要赔笑脸，劳民伤财，丢死人了，还不如把那些绸缎给我们分分实惠！"

面对着这些王爷的聒噪，铁穆耳面色凝重，一言不发。他宣布退朝，来日再议。

晚上，还是在皇帝的寝室，只有铁穆耳皇帝和右丞伯颜两个人。他们没有想到上午的朝会竟如此激烈，一石掀起轩然大波，一个外交使团的小事，竟然像捅了一个大马蜂窝似的。

然而，这并不是事出无因——恰恰相反，早朝上的这一出闹剧，早在八十多年前就埋下了伏笔。

八十多年前，在斡难河源头召开的忽里勒台大会上，铁木真被拥戴为"可汗"，而人们记住的是他的另一个更为耳熟能详的称号——成吉思汗。成吉思汗的目标从来只有一个，那就是征服世界。至忽必烈继位的时候，欧亚大陆的许多领土已经成为元朝的天下。而忽必烈也已经累了，他明白，莽苍原野的游牧时代已经结束了，他把大批人招入宫中，学习农耕文化的治理方法。今天，铁穆耳终于体会到，先辈的遗志沉甸甸地交到了自己手中。

翌日早朝，右丞伯颜宣布皇帝御旨：由正一品和顺王爷担任团长，出使真腊，务必救出十二王爷和驸马。外交使团出使期间，东南亚各国各路大军，务必停止战争行动，配合外交使团履行职责，并统由和顺王爷管带，违反者严惩不贷。

铁穆耳皇帝龙体欠安，没有到会。

第二章

公主驾到

（一）

元贞二年（1296）新年刚过，一天傍晚，一支威武浩荡的队伍开进了庆元，在庆元府门口停了下来。府第大门前近百名官员跪拜迎接。

一位年届四十左右的官员端坐在豪华马车上。喧哗声过后，他踩着仆从的脊背下了马车。只见此人相貌伟岸、英俊，留着飘逸胡须，身着一品官服。他走到跪拜人员面前，轻声说："都起来吧。"

所有人齐声说："谢和顺王爷！欢迎王爷驾临庆元！恭请王爷入府！"

众人起身，簇拥着和顺王爷走进府第。

简单洗漱之后，和顺王爷换了一套新的官服，准备正式接见官员。庆元府大堂里人头攒动，使团主要随员、先期到来做准备工作的官员，以及协办准备工作的庆元府官员齐聚一堂，有百余人。

和顺王爷在中间入座后，左右两边各坐了两位官员。

左边的上首是：恩立金，宣政院同知，御史中丞，负责外交事务首席大臣，正二品官阶。

下首是：张德谦，翰林学士、集贤院侍读，从二品。

右边上首是：乌海，龙虎卫上将军，正二品。

下首是：阔尔罕，奉国上将军，从二品。

众人均按官阶侍立两旁，文左武右。庆元府知府刚站出来要汇报使团出行有关准备情况，和顺王爷打断了他的话："翻译官来了吗？"

知府傻了，翻译官就是一个跑船的年轻人，什么时候封了个官啊？

"没，没请。"

"请上来。"王爷说。

知府吓得汗都流下来了，马上跑出去，骑上快马，并顺手带了一辆豪华马车，迅速赶到码头，大声喊着"让达可下来"。

此刻，达可正穿着一身做饭衣裳，在船上帮忙做饭呢。听到喊声，他来不及换衣服就跑下船，上了马车，一会儿就到了庆元府。知府拉着达可就往堂上跑。

跑到堂上，知府拉着达可就下跪，哆哆嗦嗦地禀告王爷："这就是翻译官。"

王爷对达可说："你站起来。"

达可起身面向王爷。

所有人的目光都聚集在达可这个年轻人身上，王爷看了一会儿，问道："叫什么名字？"

"周达观，周公的周，到达的达，观看的观。小名达可。您叫我达可就好。"达可口齿清晰。

"噢，周达官，不是周大官，我以为是周大官人呢！"王爷笑着说。

所有人看王爷高兴，都跟着笑起来了。

"想当大官吗？"王爷道。

"没想过，一直在海外跑船，汉字也不识多少，没想过当官。"达可说。

"你见过真腊国王吗？"王爷问。

达可迟疑了一下，说道："算见过，偷看吧。"

"偷看是怎么回事？在哪儿能偷看到国王呢？"王爷感兴趣地问。

"真腊国王和我们皇帝不同，他既是国王，也是神，是大主教。神来了人们都要跪在地上，不许抬起头来看。国王逢年过节就会出来参加活动。国王出行是很大的排场，他会骑着大象，和王后一起。去年泼水节，皇帝仪仗过来时，趁着夜晚天黑，我就偷偷抬头看了一眼。"达可说。

"看到了吗？"王爷问。

"应该看到了吧，但是看不清。"

"你怎么知道这一眼就是国王呢？你怎么掌握抬起头的时机呢？"王爷问。

"主要是看象腿，其他人骑马，国王是骑象，而且象腿上会用金的链子装饰。所以，我看到金象腿到面前时，就猛地一抬头。"

听到这儿，王爷和众人都笑了。

"你偷看国王，不怕被抓吗？"王爷问。

"当然怕喽，会判很重的罪，终身监禁，还可能被挖去眼睛。"达可答。

"那你为什么还要看，你怎么知道不会被发现？"

"如果是国王，看不看也罢，但是神长什么样就不同了，所以我看过神，就沾了神气了。至于会不会被抓住，这就要看谁会来发现，谁会来抓。首先是我身边的人，他们都跪着不敢抬头，他们就只想自己，不会关心我。其次是国王，他既是神又是国王。如果是神，你不抬头他也会知道，因为神是用心在看，而不是用眼睛，如果是国王，那么晚了，国王会很累，他坐在大象上，颠来颠去的，他就会打瞌睡。所以，神没有眼睛，而国王在打瞌睡，我就看了他，他也看不见我啊。"达可说。

"就这些？"王爷问。

"主要是卫士，卫士最可怕。可走在路上时，国王身边的卫士全换了。"

"换成什么了？"

"换成宫女了。"

"结果呢？"

"结果是，我一抬头看，她们就对我笑。"

说到这儿，全场哈哈大笑，王爷一个劲儿地摆手："知道找你来何事吗？"

"猜到一点，没有人对我说过。"达可说。

"说说。"王爷。

"你们要去真腊，要找一个翻译。"

"对，就是你了。随本王爷出使真腊。本使团是大元国家正式使团，肩负皇帝的重要使命，为了能够在外交上与真腊对接，所有人员必为国家官员。你是翻译官，最为重要。今天你审查合格，由于没有朝廷的正式赐封，本王决定借官录用，封你从五品礼部郎中，作为特使出使真腊。从今天开始，在我身边服侍，未经允许，不得离开左右。"

听到这儿，所有人都傻了，达可也目瞪口呆，一时不知所措。

"赶紧下跪谢恩。"知府拉着达可一起下跪。

"今天本王一路劳顿，明日开始检查出行各项准备事宜，今天就到这儿吧。对了，还有一件事，周达观，本王赐你一个名字——顺达可可。出使时用这个名字。平时叫达可，不必过多客套。你随本王进院住，其他人今天就到这儿，散了吧。"

就在大家刚开始散开的时候，一个知府门卫跑到知府身边，说了些什么。知府听完马上跑向和顺王爷身边："禀告王爷，门口来了一位公主，要进来见您。"

和顺王爷眉头紧锁，厉声问道："公主，这里哪儿来什么公主？她叫什么？"

（二）

"娜日迈。她说叫娜日迈公主。"知府轻声说。

和顺王爷听到"娜日迈"三个字，就说："走，快！"说着就拉上知府奔向大门。几个大官离得近，见状紧跟上来。其他人一看王爷和大官的行动，马上也跟了上来，达可见状也只好跟着往外走。

远处，娜日迈公主正提着马鞭，和十几个戎装的宫女牵着骏马，站在府前。看见和顺王爷带着一众官员奔向自己，十分得意。

这个公主，不看便罢，看了一定印象深刻。只见她身高八尺上下，腰膀壮硕，一身戎装，犹如一头怒熊，站在她身边的宫女和士兵都显得娇弱无比。

和顺王爷跑步上前，先行鞠躬礼，说道："不知公主大驾光临，有失远迎！公主见谅。"

"免礼！免礼！不知不罪，跑那么远路了，赶紧地，带我进去，我要撒泡尿。"娜日迈公主大大咧咧地说。

"赶紧地，把公主一行请进去，先到后院我屋里用茶。"王爷边说，边给张宦官使眼色，让他上来引领这帮人进到里面去。同时，让其他人先回屋歇息。

大家进的进，散的散，只有达可进退不是，想想王爷说了让他不离左右，便也往府里走。门口的卫兵换了岗，不认识他，看他穿一身做饭衣裳，一把拦住了他："哪儿来的，这是什么地方你也敢进？"达可不知说什么好。这时有个府里参会的官员上来解围："无礼，这是周大翻译官，你也敢拦。"

"请，大人您进。"卫兵阴郁的脸马上绽放开来。这个官员把达可迎了进去，带到后院。

达可站在王爷客房门口，手脚都不知道往哪儿放。院子里还有很多人，男人都是官员，都认识他了，只是他不认识旁人。这几个女的他却知道，是公主的随从，而她们却不知道达可。达可从来就没见过女官，非常好奇，便盯着她们看。

这时候，一个女官上来就不轻不重地甩了达可一马鞭："看什么看！这怎么有个臭要饭的？来人，把这个人轰出去！"

"别轰别轰，这可是五品大员，王爷身边的红人。您跟我走，这边先换套官服穿上。"这是礼部尚书张诚，他把达可带到旁边一个地方换上官服。

在王爷的客房里，公主已经收拾利索，和王爷两个人谈话。

王爷问："公主，您这是玩呢，还是有什么事呢？大老远的，也不坐马车，骑着马就来了，路上出点事可怎么办？皇帝知道吗？"

公主神秘地从衣中掏出一封文书，递给王爷："我干吗来了，就是奔你来的，看看你差办得怎么样。皇帝已经特许我跟着使团出境了。喏，看看，这就是他亲手写的密旨，里面讲得清清楚楚。我昨儿和皇上说，不少人说你打着救驸马的牌子，去干你自己的事。什么事？你自己知道，我也要跟这个使团一起走，看看这帮人到底是救驸马，还是搞什么名堂。"

和顺王爷："您说笑了，为臣这次真腊之行，目的就是营救驸马和十二王爷，这件事难度太大，的确需要当地人的协助和支持。皇帝正是非常看重与公主的感情，才费这么大的周章和人力物力去通过外交渠道，运用国家力量办这件事。别人不理解，您不能够责备和误解他。在皇帝眼睛里，只有您才是他最亲的人。庆元这个地方，是个鱼米之乡，您明天好好玩玩，然后我派车把您安全送回去，时间长了，皇帝该着急担心了。"

公主："担心我，这倒是真的，就是不知道他担的什么心。明起我和你一起玩，看看他们为你出外做的准备怎么样。然后我和你们一起去真腊，你甭想甩掉我。"

王爷笑了，眼睛里全是无奈。

说到底，这个公主是全天下最惹不起的人物，连皇帝也要让她三分。

娜日迈与铁穆耳皇帝有同一个爷爷忽必烈，而铁穆耳是忽必烈最珍爱的储君真金的儿子，而娜日迈公主则是重金哥哥的女儿。和顺王爷则不是忽必烈家族的，是伯颜家族的。伯颜的祖父是赛典赤·赡思丁，出身中亚不花剌没落贵族家庭，在成吉思汗西征时，赡思丁家族主动投靠窝阔台，从此忠心耿耿成为黄金家族的宠臣，世代均为重臣。在铁穆耳上台问题上，伯颜起了决定性作用，是当朝左丞，而和顺王爷正是伯颜的亲弟弟。在血统上娜日迈是皇帝的亲人，和顺王爷则是皇帝身边的重臣。正因为如此，和顺王爷不敢得罪公主，而娜日迈公主也不敢公然惹麻烦。

（三）

欢迎王爷和公主的晚宴在知府大堂举行，一共八桌，坐在首桌的有王爷、公主、恩立金、张德谦、乌海、阔尔罕。经过一番礼节性的推让，王爷还是坐在了正中间的首位，他的右手位是公主娜日迈，而左手位暂时空着。

公主身后站着两位女官，一位是高娃，负责给公主端杯子，拿香巾；一位是庆格尔泰，负责给公主打香扇和试吃。

公主看见王爷身边左手位是空着的，十分诧异。

这时，知府带上来一位身穿官服，年纪轻轻，相貌英俊，皮肤白皙，眼睛奇亮，身材适中的年轻人，王爷指指左手位："顺达可可，你就坐在这儿，而且从今以后你每一餐饭都坐在这个位置。给你介绍一下，这位是娜日迈公主。"

虽说是公主，可是坐在餐桌前，装扮雍容的娜日迈却显得与晚宴格格不入。好像只有身着戎装，骑在马背上才能让她自在起来。

达可马上行了个抱拳礼。

看到庆格尔泰，达可坐下前主动打了个招呼，叫了声："姐。"

王爷惊奇地问："你认识她？"

达可边坐下边说："认识，姐武功了得，属实是让我刮目相看。"

庆格尔泰尴尬地瞪了达可一眼。

娜日迈公主惊奇地问："怎么回事呢？"

"他看我，我就教训了他一下。"庆姑娘揶揄道。

"那大家以后得小心啊，要引以为戒！"公主大声喊。

这一喊，引得哄堂大笑。达可也发现，王爷希望他放松一点。

待笑声停下来，王爷也恢复了平静。他对公主说："公主殿下，我正式介绍一下——这位是本使团借官录用的真腊话首席翻译官，从五品礼部郎中。他之所以坐这个位置是翻译工作的需要。在席间，举杯不饮酒，落座不起身，不卑不亢，不温不火，彰显我大元的礼仪和威仪。"

达可则在王爷讲话后起身行礼道："谢王爷教诲，属下会遵命而行。"

开始上菜了，每上一道菜，庆姑娘刚拿筷子，达可就抢先举起筷子品尝。庆姑娘友好地看着他。王爷也欣喜地看着，心说：一方水土养一方人，这庆元人就是古灵精怪。

（四）

翌日早餐后，庆元知府大堂开始办公。

昨日所有与会人员全部到场，其他人的座位没变，只是上面摆了双长官位。男左女右，王爷在左边落座，公主在右手落座。高娃和庆格尔泰两个女官依然拿着茶杯、香巾、香扇站立在公主身后。达可则是坐在王爷身后。

御史中丞恩立金站起来介绍了使团人员的组成，共计有官员二十名、随从三百名、卫士三千名。

按照皇帝密旨，娜日迈公主被列为使团统领，高娃、庆格尔泰列入女官。其他人员按照公主之意列入随从。

接下来，张德谦介绍了给真腊国王赠送的礼物，主要有绸缎五千匹，瓷器两万套，各种果脯、蜜饯、饼干、点心五千箱，骆驼一百匹，良马一百匹，羊一千只，水牛二百头，以及其他物品，均已准备完毕，择日装船。

这般规格在元朝历史上前所未有，众人听后一片哗然。张德谦解释道，如此操办不仅是向真腊表示元朝的友好，最要紧的是要救出驸马和王爷，因此比平常多准备了许多礼品。

接下来，乌海介绍了输送海船征招情况：共计商客两用巨船一艘、礼品运输商船五艘、卫士护佑战船五十艘，所有船只及船员全部征招到位，集中在庆元明州港码头，正在抓紧检修和刷漆整理，以确保输送。

再往下，阔尔罕介绍了航渡方案：本次航渡，根据季风情形，于元贞二年二月，使团于庆元明州港登船出航，同月于温州港放洋，途经广州、琼州准备做短暂停留以避飓风，于三月中旬抵达占城，进行换乘，而后视顺逆风向及值内河水道水情，进入湄公河和洞里萨湖，在真腊都城吴哥抵岸。航程时间预计三至五个月。返程须待翌年西南季风起及大湖水涨才能回航，预计元贞四年八月回抵庆元，总旅程需历时两年半。

王爷回头看了一眼达可："你跑过的，怎么样？"

达可："就是这样，只多不少。就是旅途劳顿，风多浪高，险情多多，恐怕公主和诸位姐要受苦了。"

公主听了："怕什么，你能跑我就能跑。"

最后，张宦官介绍了航渡期间生活上的安排。

达可补充说："要带点好的大夫和药品，以备不时之需。主要是抗眩晕的、拉肚子的、头晕中暑的、阴阳失调的、蚊虫毒蛇叮咬的、邪气浸湿的、皮肤瘙痒的、跌打损伤的、壮阳补气的、肠胃不舒的，以及月经不调的。各种药品一定要多备一些，尽管当地也可临时采购，但毕竟不如本国的制作精良。另外，还要带上好的医师大夫，有备无患。庆元城有个名医孔大夫，最好能带上服务。"

大家都议论赞叹。

王爷说道："张大人，你们按照顺达可可的补充，抓紧办理，在庆元、温州征招一批医师，每船配一个。孔医师务必征到，就放到大船上吧。上午通过的各项准备事宜抓紧时间准备，务必按时出航。所有事宜奏报皇上，并请内阁提前传达到沿途所有州府。使团经过时，组织引导护送，不得马虎。"

天高云淡，风平浪静，一队威仪的车马来到了明州港码头。

只见码头上威武的军队排列整齐，准备出使的五十余艘舰船装饰一新，停靠岸边，每艘船上彩旗飘扬，在船头站着军士，威武雄壮。

码头上，从车上下来的是和顺王爷、娜日迈公主以及诸多官员。

达可穿了一身五品官服走在和顺王爷的身边，边走边向王爷介绍各艘船的规格、形制、名称、用途以及性能。

达可跑了十几年海了，对所有的船可以说是了如指掌，如数家珍。王爷听了频频点头。

船队的正中央，那艘最大的商客两用巨船，就是达可回来时所乘的那艘船，三天前他从这里下船去了州府，今天他换了一身官服上了船。

此刻，船长带着船员站在舷梯跳板前列队，迎接官府的视察。

当王爷、公主一行都上了船，站在船中央甲板上时，达可面对着船长，船长竟然没有认出达可。达可向王爷介绍完这艘船之后，转身对船长叫道："大哥！"

听到叫声，船长望着达可，半天不敢相认。他们做梦也想不到，三天前的达可，竟然穿了一身官服，成为一位英俊潇洒的大官人，直到达可叫了第二遍，他们才敢相认。

"达可，你什么时候当了大官了？你看我们都认不出来了，真好，太好了，太喜人了！"

"大哥，没什么，我这是工作服。就像做饭围个围裙一样。"达可解释道。

再视察时，公主不依不饶，开始挑刺儿。走到猪圈看到猪的时候，她开始抱怨："怎么还养猪啊？臭死了，改成养羊，我们喜欢吃羊。"

看到卧房时，她又说："我只住圆的蒙古包，不住方块的房子，给我建个蒙古包……"

谁也不吭声，大家心里却觉得好笑。

第三章

外 交 文 书

（一）

元贞二年二月二十日，这一天，温州聚集了成千上万的人，在码头上，热烈欢送使团出使真腊。在逐渐远去的喧闹声中，看着这支庞大的船队从内河航运编队驶向海洋，和顺王爷胸中的骄傲油然而生。

"……我非常羡慕你，你将会以和平使者的身份进入史册，所以你要争取成功。这次外交活动的真正意义是向世界放出一个停止战争的信号，实现和平——反映我大元新政的新气象……"

这段铁穆耳皇帝的讲话，此时想起来，的确是掷地有声，这将给无数国家和人民带来福祉。同时，也是元朝人的一次自我救赎。

"……你会遇到巨大的阻力和困难，用上刀山下火海形容也不过分。不过，我相信你能战胜一切困难，成功完成此行的使命。明年我将迎候你的凯旋……"

"王爷，外面风大，您还是回舱歇息吧！"达可在一旁劝着王爷。

"达可，从今天开始，我们的这次出使活动就真正开始了，我要求你每一天记一个日记，把每一天的所见所闻记录下来交给我看。这既是学习，也是工作。你很聪明，但是仅仅聪明还远远不够。这是一次千载难逢的历史机遇，你一定要勤奋学习，努力工作，尽忠职守，明白吗！"王爷动情地说。

达可突然之间也有点感动，眼前这位王爷和顺慈祥，竟像父亲一样对自己谆谆教诲。

"好，回舱了。"和顺王爷从船首转过身来的时候，才发现所有的官员都还在前甲板上站立着，他对大家说，"万事开头难，在这么短的时间里，我们就完成了大量准备工作，按时出发，大家都很不容易。从今天开始，本使团正式出使，希望大家克勤克俭，谨躬慎行，自律守纪，主动作为，完成大元皇帝赋予我们的光荣使命。"

所有的人员共同回答："遵王爷命！"

"一路上搞好生活，大家不要穿朝服了，换上紧身的服装。另外，乌海负责航行期间的安全警戒，阔尔罕负责航行指挥，顺达可负责所有事宜的总协调。"

大家应声承诺。

"走，去看看公主。"王爷对几个重臣说。大家朝公主住的蒙古包走去。

前次视察，公主要住蒙古包，这可把张宦官、船长给急坏了，这船上怎么搭蒙古包呢？即使搭在甲板上，风一吹不是跑了吗？实在想不出个办法，张宦官只得向王爷来诉苦。王爷听了也哭笑不得。他看了一眼达可。

达可围着这间房在中间走了一圈，然后把两只手合起来一举。张宦官心领神会，高兴得一拍大腿："好法子，我怎么就没想到呢？回头我就去搭。"

"养猪、养羊怎么办？"张宦官又问。

达可说："这个问题公主提得合理，吃猪和吃羊的都应该照顾。因为船上有一两百的船工每天要辛苦地摇桨，他们要吃不饱饭，没有劲儿就摇不动桨，船就走不快。如果遇到了飓风，船工如果顶不住，还会翻船，翻了船，咱们可就全都要喂鱼虾了，所以这个猪还不能不养。羊也要养一些，猪和羊养在一起没有问题，不会打架。"

王爷听了点点头："有道理，就这样吧，回头我和公主说。"

有这样一个经验丰富的水手兼翻译在，大家心里踏实了不少。

张宦官回来就跑上船，和船长一起找了一间大仓库，把里面用黄布、绸缎围成圆形，里面装饰全部按蒙古包来布置。一个漂亮的"公主包"很快就建成了。

王爷和几位重臣走进了公主包，见里面的全部装修和蒙古包一个样，华丽舒适程度一点儿都不亚于草原的规格，都十分惊讶。

公主一看王爷来了，赶紧把大家请上来坐。达可见状马上要离开，公主拦着门不让出去。达可说："我给您包羊肉饺子去，船长他们不会包，等着我去教呢。"公主没法子，只好放他走。

王爷和几位重臣一起坐进蒙古包，和公主聊天，喝奶茶。高娃、庆格尔泰时不时唱个歌，跳个舞，好不热闹。

就这样，他们一直闹到天黑。此后每天男男女女，觥筹交错，把酒言欢，日日夜夜都是如此，不曾须臾相失。

达可没事就到伙房帮厨，张宦官从下面带上来好几个厨师，白案红案都有，吃得不比平时差。很快，有些人就胖得发圆了。

根据达可的建议，孔大夫被征到船上担任使团御医，每天为大家巡诊看病。

在行程中，一路上沿海各县市派出船队兵勇提前入海恭候，在船两侧实施警戒掩护，确保安全。

就这样，使团船队顺利通过了琉球、万山群岛进入广州，在广州稍作停留之后继续渡海。

这一日，在海南岛附近，终于迎来了一次台风，所有人趴在地毯上翻来滚去，哭爹喊娘，把胃里的东西全吐出来，连跳海的心都有了。奇怪的是，所有哭喊的人都喊同一个名字——达可。

三天后，风平浪静，船队抵达了占城海面上。

（二）

占城，即占婆补罗（补罗，梵语之意为城），简称占城或占婆。占城位于中南半岛中南部，北起今越南河静省的横山关，南至平顺省潘郎、潘里地区，王都为因陀罗补罗。元朝年间前往真腊的船只多在这里由海船换乘河船进入。元贞二年三月十五日，使团抵达占城港。因为遇到了逆风，船队停靠在占城码头两个多月。使团人员全部食宿在船上，防止下船遇到不测而影响下一步的行程。

已经被海浪颠簸了一个多月的使团人员，在占城码头又停泊了一个多月，日晒浪摇，无所事事，难免人心烦躁，流言四起。有人大骂真腊不识好歹，也不派人联系和迎接，敬酒不吃吃罚酒；有人埋怨此行就没安排好，白白耽误大家的工夫；有人埋怨和顺王爷不近情理，管束太过，到了占城也不让下船进城转转，把人都闷出病来了；有人埋怨船上伙食不好，卫生条件差，身上都长了虮子。王爷假装什么都不知道，每天和娜日迈公主饮酒作乐。见状，不时有人跑来向达可打探消息，达可也不知道该如何回答，只能劝大家静心等待。

一天上午，一队元军兵马浩浩荡荡进到占城港口码头上。来人是元军驻占城的总指挥唆都元帅。乌海、阔尔罕两位将军在码头上迎接，然后将唆都元帅迎上船，拜见了和顺王爷和娜日迈公主。一番寒暄之后，大家坐定，商议正事。

十二王爷和驸马原属唆都元帅的帐下。唆都元帅再三致歉，说没有照顾和保护好十二王爷和驸马，自己未能亲自指挥，导致作战失利，十二王爷和驸马爷失踪。

唆都元帅说："自古以来，我们从来未曾与真腊国有过交往，更不要说交战了。大元现今连爪哇都打了，打一个真腊还不是小菜一碟？就这样十二王爷吵吵着要打，打下来把真腊封给他和驸马。我拦也拦不住，只好派些兵陪他们二位爷去玩吧，没想到玩砸了。卑职也是失职。"

和顺王爷："我怎么听说这个真腊挺能打的，曾有一度在中南半岛无敌手。占城也不是它的对手。"

唆都元帅："真腊和占城是近邻，历史上多有交手，互有胜负。开始是占城先攻下了真腊国都吴哥，占领了四年，后来又被真腊打了回来。"

和顺王爷："十二王爷和驸马带了多少兵马出征真腊？"

唆都元帅："说来惭愧，就带了三四千人，本来说好是试探一下，好打就打，不好打就撤。没想到消息走漏了，人家提前就在边境上设了伏兵，结果中了埋伏。都是我轻敌了。"

娜日迈公主："我问你，驸马和十二王爷是死是活？"

唆都元帅："没人见他们被打死了，但也没见他们返回来。所以我报了失踪。"

和顺王爷："所以皇上派我们去找一下。但愿他们无恙。哎，随他们参加作战的跑回来有多少？"

唆都元帅："有几十个吧。"

和顺王爷："你挑几个精明一点的，认识驸马和十二王爷的，随我过去。"

唆都元帅："明白，找好了出发前给您送过来。你们有什么安排，需要我们做什么，尽管下令。卑职早就接到朝廷的圣旨，一切听你们调度。"

乌海大将军："你们是怎么联系的，到占城都一个多月了，真腊连个鬼影都没有？"

唆都元帅："这个季节风向不对，而且是低水位，船过不来，应该快了。"

娜日迈公主："再不来，咱们就一起打过去。在海上漂了三个多月了，腻味死了。"

唆都元帅："听您的，您说打就打，听您一句话。"

见面后，唆都元帅在占城港口不远的地方安营扎寨，派出部队在码头上站岗放哨，并随时听候调遣。

（三）

五月底的一天，船上下来了一众人马，由占城官员带着来到码头上，找到首船。由于是讲真腊语，达可下船见了这些人，了解到是真腊派出官员，与使团联系商洽进入真腊的相关事宜。

达可向和顺王爷和公主禀告，王爷指示，先由恩立金、张德谦和达可与真腊代表商量，然后再根据情况进行。

达可下船，把真腊代表接上船，进入蒙古包进行正式会晤。元朝代表有恩立金、张德谦、顺达可可。

真腊代表有真腊首席代表洪达、代表西哈孟哥、翻译官洪美莎哈。

负责为两国联系的占城官员也参加了会晤。

双方就座之后，达可仔细观察了一下对方人员。

对方首席代表洪达是一位四十岁上下的官员，身形瘦削，皮肤很黑，深凹的眼眶里，一双眼睛明亮而坚定。

代表西哈孟哥是一位四十上下的中年人，笑容满面，非常和蔼。

诚然，都是些大人物。可是，达可早就已经领教过大人物的排场了。和大元使团在船上颠簸数月，与公主王爷同吃同住，一开始还有些云里雾里，到了现在，至于面对真腊使团来访，也不过感到寻常。可是，他完全没想到，站在众人身后的真腊女翻译竟然压过了所有大人物的锋芒，在会场上大放光彩。

她的名字叫洪美莎哈，年龄与达可相仿。女孩的皮肤是健康的小麦色，眉眼与洪达有几分相像。她举手投足不同俗人，优雅，精明而且娴熟，看起来是皇室人员。看到这样气场非凡的姑娘，达可感到自惭形秽，不安起来。他不自觉地把目光频频落在她身上，好像试图从对方的完美表现中看到一丝破绽。可他失败了，而对方甚至看都没看他一眼。

双方落座之后，按照礼仪，中方为主场，所以居左首，真腊为客，居右首。达可发现真腊西哈孟哥很自然地就坐在了中间的位置，而翻译则坐在他和首席代表中间的位置。

中方恩立金居左，张德谦坐下首，达可则坐在恩立金身后。

首先，恩立金向真腊代表表示欢迎，并感谢占城的协助，然后向真腊呈上了元朝皇帝的诏谕，并简要介绍了大元使团此次出使真腊的目的和意义，以及使团的组成。

接下来轮到真腊代表方发言。只见洪首席看了一眼西哈代表，西哈一抬手，让他来讲。

拜洪美莎哈所赐，达可又紧张了起来。洪美莎哈的翻译水平依然毫不逊色：既快又准，语调平和认真，音量不高，但真腊代表能听得清楚。她基本上是同步翻译，没有中间停顿，并且手上还记了一些东西。

这下，达可感觉头都大了。

当初他并未将这项任务看得太重，以为自己在这里混了数年，早就是老手一个。直到此刻，他才意识到自己和洪美莎哈相比，简直像是个街头混混。作为元朝的翻译官，他竟然在第一次会面时就让自己的使团矮了一截。这样的想法真不好受，达可感到一股紧张的热流从脖子直冲脸颊，让他有些喘不过气来。可是，这个可恶的女翻译没给他留一点面子，照样轻而易举地维持着她无可挑剔的翻译。

洪美莎哈的声音和洪首相逐渐融为一体，他们发言说，真腊对元朝国家使团的突然来访没有思想准备。之前也从来没有接待过来自元朝的任何外交使团，所以他们有些困惑需要进一步澄清。尤其现在到处都是元军的征伐，元朝为什么对真腊小国进行正式访问，这个问题他们想要弄明白，请使团把有关文件给他们一套，他们带回去向国王禀告一下。

真腊代表的讲话令恩立金很震惊，因为真腊并没有欢迎的词语，并且直截了当地表示出了一些困惑，该怎么办呢？也只有先同意真腊的要求，当场拿了一套文书交给对方。之后，对方立即起身离开。达可绝望地看了洪美莎哈最后一眼，自认为摆出了一个友好的表情。女翻译终于侧目，可她只是冷漠地偏偏头，表情深不可测，旋即头也不回地走出了会场。

对方离开后，和顺王爷、娜日迈公主和乌海、阔尔罕走了进来，恩立金宣告了双方首次会晤的简要情况。王爷同样感到出乎意料。但是也可以理解，先等等看对方会有一个什么样的正式表态。

王爷转身问达可："你有什么看法？"

恼归恼，抛开那个压他一头的女翻译不谈，达可还是认为，就是对方尽管表面上没有表态，但是背后是重视、高兴和积极的。

王爷一听，饶有兴致："何以见得？"

达可说："首先，我感觉真腊来的代表规格很高，其中西哈代表可能是个王室成员，而且是重要成员，当然不会是国王。他的座位和表情都证明了这一点。第二，他一直在笑，说明他内心是喜悦的，只是没有说出来。第三，就是翻译官的水平很高，这也说明他们的重视程度。"

王爷："翻译官比你水平还高吗？"

达可心里一沉："高，她的文化素养肯定高于我，我……会向她学习。"

达可又说："如果我没猜错，这个翻译官应该有唐人血统，因为我看她记录是用汉字。"

恩立金："汉字，我看到她写字，可看不到她写什么文字，你在我身后，你是如何看到的？"

达可："真腊公文用的是印度梵文，而这种文字很难写，她又是汉语翻译，在您讲话时她记录，如果她听中文，写梵文，那这个人真是神仙了，所以嘛，我判断，她只能是写汉字。听汉字，记汉字，讲真腊话，这种可能性很大。而且，我估计她的母系是唐人，父系是真腊人，更大的可能性是首席代表的女儿或者侄女。因为他们同姓，长得也很像，两人的交流也非常轻松自然，所以这两人的关系肯定不一般。同时，西哈对这个女孩也很亲近，更说明了这一点。如果在两天内能给答复，这两个人的地位应该仅次于国王了。"

听到达可的分析判断，和顺王爷觉得这个孩子太醒目了。

而达可心中只是庆幸，王爷没有对照人家女翻译的水平来数落他的不是。

（四）

果然，真腊代表两天就回话来了。这一次是第一代表洪达先生和女翻译官两个人坐马车来。马车停在船前，女翻译官联系好之后，两人一起上来。

还是在蒙古包，还是恩立金、张德谦加上达可三个人。

女翻译依旧滴水不漏，直接递上来一张精美汉字的信笺，上面是一份正式外交文书：

真腊国国王和政府以及全体国民，热情欢迎大元国家外交使团到我国进行正式的国事访问。并就有关事宜照会贵国外交使团：

一、所有访问人员必须提前上报名单，填写个人有关情况报表。总人数控制在五十人左右。

二、军队不得跟随外交使团进入我国。

三、任何人不得携带武器进入我国。

四、所有礼品在进入我国之前，须经过开箱检查。

五、患有任何传染性疾病的人员请不要编入外交使团。

六、任何船只未经允许不得进入我国领水，须在边境进行换乘，乘坐我国舟船进入。

七、所有人员进入我国后须尊重和遵守我国法律法令，不得进行任何反对我国的活动。

八、使团进入我国之后，由我国进行生活保障，不需要带食品料理人员。

九、进入我国的人员每人携带的本国货币不得超过银圆一百两。

如使团同意接受以上要求，则共同签署文书后，进入我国。

真腊王国全权执行官洪达。

恩立金看完这份文书之后，沉默了一下，提出需要三天的时间来进行考虑。洪达代表点头表示理解。

就在真腊代表准备离去的时候，恩立金突然说："稍候，我冒昧地问几个小问题，你们可回答，可不回答。"

洪达表示同意。

恩立金第一个问题是："洪美莎哈小姐是你的亲人吗？"

两人对视，轻轻一笑："是的，我的女儿。"

恩立金："非常优秀。她的母亲是唐人？"

"是的。"

"这份文件是她抄写的。"

洪达点点头，所有人都笑了。

真腊代表离开后，王爷、公主等进来，大家看了这份文书，不禁面面相觑。公主更是勃然大怒，叫嚷着要准备打进真腊。

第四章

投 石 问 路

（一）

占城一座精美的小院，东南亚风情木制建筑，白色的油漆，绿草如茵，花香扑鼻。

室内三个人围坐在一起，精美的藤制家具，印度地毯、中国瓷器茶具，中国茶浓郁飘香，桌子上还有切好的点心和切好装盘的水果。两个身着当地服饰的美女站立在门口，随时侍候。

这三个人我们已经熟悉了，但是，他们的真实身份，我们并不完全清楚。

西哈孟哥，真腊国亲王，现国王的亲弟弟，并且他和国王不仅仅是同父同母，而且是双胞胎，两人的相貌一模一样，不要说一般人，就是很亲近的人，也无法分清楚。

洪达代表，现真腊国的宰相。

洪美莎哈，翻译官，宰相的女儿，大家都叫她小美。

因此，这三个人在处理元朝使团的事情上，有定夺一切问题的权限。

此时，他们三个人正在深入探讨元朝使团来访这件事情。

他们还是不明白，这次元人来访的真实目的究竟是什么。为什么是礼物不是战争？此次来访对真腊会带来什么好处吗？这些问题萦绕在每个人心头。至于去年某次与元兵的小规模冲突，他们根本没有放在心上。因此，他们还是决定先小心试探为好，观察元朝使团对外交文书的回复会释放出怎样的信号。

而谈起上次会晤，元朝的年轻翻译引起了他们极大的兴趣。

当达可在观察小美及其使团的时候，他却没有察觉到，小美早已不声不响地把他给上下打量了一遍。

小美发现，对面穿着一身不合身的官服的年轻翻译，其实还是个三脚猫而已。不过，这是个伶俐的三脚猫。在会晤的过程中，小美发觉年轻翻译的语调、节奏都在学她，但是他的坐姿、座位以及翻译的工作要求都很不规范。年轻翻译还没有学会不动声色地察言观色，他的眼神太过明显，还老是朝她那里看，显然就是缺乏安全感。她知道他内心的压力很大，不过看起来也没有影响大家的工作，所以她可不打算给他什么回应。等到他翻译的时候，小美一眼就看出来，这是他第一次当正规的官方翻译。当然，这人缺乏训练，脑袋却灵光得很。他虽然不太会写汉字，也没有工作用的专业用具，但是他记性过人；他虽然不会讲官话，只能用一口吴哥市面上小商贩买卖用的土话和他们交流，可是由于这种人长期做生意，习惯了用眼睛去观察，用心去揣测，用嘴去说服，因此话外功夫了得。小美猜测，上次会晤，这个年轻翻译多多少少已经把他们的身份、关系看穿了，甚至王爷的身份也被他猜到了。

所以，小美根本没有瞧不起达可的意思，相反，她对这个年轻对手两分佩服，三分提防。这家伙对吴哥太熟悉了，还是大元的人，说不定会坏了他们的事，把战火燃到真腊国境。因此，所谓知己知彼，达可作为大元使团中最有潜力却也最缺乏外交经验的一员，不如就趁早从他入手，试他一试，说不定还能探到什么重要信息，让他们国家在这场重要的外交博弈中掌握主动权。反正，小美当时就是这样想的。

在同一时间，元朝使团齐聚在蒙古包里，商议对这份真腊外交文书的处理。

"见鬼的什么文书，给脸不要脸，姑奶奶来上门看你，还给你带来这么多绫罗绸缎、金银珠宝，你还要拆箱检查，验明正身，还只能五十个人进去，其他人在海上晒一年，真拿自己当回事了。咱们到哪里还需要什么文书，撕了它，这三千人就够了，咱自己打进去，灭了这个什么蜡烛……"娜日迈公主气不打一处来。

"公主说得对，咱东征西讨、南征北战一辈子了，到全世界转了几遭，也没听说要什么文书，把安南、占城的军队整理一下，我带着打就行了。"乌海顺着公主的话说。

"我一开始就不想来，要不是我爹劝我帮一下新皇，我真不想来，漂了这么多天，到门口了，人家不让进，丢人不丢人？我自己都臊得慌。咱大元的脸都丢光了，没脸回去。"阔尔罕是阔勒台家族的后人，世袭王爷，论出身比和顺、娜日迈高多了。

武官骂够了，和顺王爷看着文官："你们也说说。"

恩立金看了一眼张德谦，说："你先说。"

张德谦推托："还是您说。"

恩立金慢悠悠地说："这个真腊，也真可恶，让我们在海上等了俩月，都晒成鱼干了，惹得人心里头很烦，也难怪大家伙儿有火。骂骂挺好，去火啊。让我说，既来之则安之，咱大老远的，来都来了，哪能一拍屁股又颠回去了？皇上要问起，怎么解释呢？皇上从国库里掏这些钱，不就是为了让咱们救驸马和王爷吗？人没救回去，怎么复命呢？人命大还是面子大呢？所以，小不忍则乱大谋。凡事都有个理，武有武的理，文有文的理，搞外交也有个规矩。要不这样，我们三人先逐条研究一下，看哪条可以接受，哪条不可以接受，然后和他们再商议，你们几位就先忍忍，歇息一下。"

王爷听完，表示同意恩立金的意见，说："那你们受累了。"说完他便带着公主等人到甲板上去吹海风了。

晚上，恩立金把研究的情况向和顺王爷做了汇报。王爷说，先按照这个方案去谈，恐怕要谈几次，事关国体嘛，都是要面子的。

（二）

三天之后，真腊洪达代表和翻译小美又一次来到船上，双方会晤，讨论对文书的意见。

恩立金、张德谦和达可把真腊代表洪达和翻译官小美迎进来，大家正准备左右落座的时候，小美忽然反过身来，从包里取出些可以书写的用具，走到达可面前递给了他，露出笑脸："跑船的，好好学着点，该做啥做啥，不该猜的不要乱猜，小心惹出麻烦！"小美讲的是真腊话。

达可抬起头，只见小美笑容可掬，唯独眼中没有笑意。她还是一如既往，纹丝不乱，深不可测，犹如一汪深潭。达可胸口一顿，手忙脚乱地接受了东西，心中惴惴不安。达可早就发觉此人绝对不容小觑，可这还是让他慌了神。女孩的意思很简单：小心点，我知道你是谁，也知道你的心里在打什么小算盘，我已经把你看透了。

这是只有达可才能体会的忐忑。至于旁边几个人看到这一幕，只是觉得挺有意思，恩立金问达可："她说什么啊？"

达可急忙说："她告诉我，今天的工作会非常重要，我们两个翻译应该共同努力，搞好翻译。"

小美看到达可这般欲盖弥彰的神情，心中不禁泛起一丝窃喜。

达可刚收到小美送给他的礼物时，还不解其意，直到达可拿在手里，开始翻译，他才发现她送给了自己一把"刀"，一把可以揭开他本来面目的"刀"。因为，他拿着这些东西根本没用，就像是聋子的耳朵，只是一个摆设，他根本就不知道应该写什么记什么。小美看穿了这一点，如果他全程不着一字，那么大家都会知道他不过是个没有文化的小贩罢了。达可装模作样地捏着笔，像捏着一条蚯蚓，手掌渐渐被汗水浸湿。

至于小美，达可悄悄看过，她还是那么轻松自如，不时写写画画，发出春蚕嚼桑的沙沙声。发觉达可在看自己后，小美却朝他轻轻点头，微笑致意。这人，真是笑里藏刀。达可更加坐立不安了，说话都竟然有些结巴了起来。

这一天议事，可以说是针锋相对，寸步难行。

就在蒙古包里商议的时候，驻占城和安南的元朝军队首领都赶了过来，他们一方面是拜望王爷、公主和使团大员，另一方面是询问有什么需要动用军队的事情，他们已经习惯这样解决问题了，因为他们从来没有进行过什么和议。公主让他们做好进攻真腊的准备，一旦谈不拢，就打进去。可以说，危在旦夕，战争一触即发。

正如西哈亲王所说的：敬酒不吃，就吃罚酒。

（三）

现在，双方都相持不下。连续几天来，双方的矛盾集中在军队、武器和开箱检查这三个问题上互不相让，同时也表达出对愿意访问和愿意接受访问的最大诚意，所以虽谈而未决，但是谈也未绝。

几天的时间里，达可只做翻译，不参与讨论，也就是不掺杂个人的意见。因为这些问题事关重大，原则性很强，达可知道这些问题非自己的强项，所以非常谨慎，不轻易发表意见。而小美就不一样了，主动发表意见，甚至比洪宰相讲得都多。

小美发现自己的激将法已经达成了效果，再这样下去，达可就只会像个受惊的蜗牛一样缩回壳里去了。这可不行，是时候改变战术了。

这一天，中间休息时小美出来透气，指名道姓让达可陪她出来。当然，她依旧神情自如。达可感觉五雷轰顶，头皮发麻。

在甲板上，小美换了个轻松的语气："你们怎么把船舱装成这个样子，怪怪的，谁干的呀？"

达可绞尽脑汁，打起生意人的十二分机灵："不瞒你，正是在下。天圆地方，不好吗？"

小美像提着风筝的绳子一样，又把气氛放松了一些，但还是紧紧地把节奏和力度都把控在自己手中："我就知道是你这古灵精怪，光想着巴结别人。"

达可僵硬的笑容终于松弛了一些："什么事都躲不过你的法眼。"

小美什么也没有说，等待着让沉默打开达可的话头。

"你母亲是哪里人？"不负所望，达可很快就问了一句。

"你不是全知道吗？"小美说。

"哪里有你知道得多？我只是有时候胡猜。我希望你是中国人。"

"告诉你吧，咱们还是老乡，我也是庆元人，和你是一个地方的。我这边的讲话音调，和你差不多。"

出乎达可意料，冷若冰霜的小美居然还能这样友善。他一直悬着的心慢慢放了下来。这个女翻译原来也没有自己想的那么咄咄逼人，甚至有些调皮。不过，这也可能只是表象罢了。谁知道她在心里打什么算盘？不过，竟然都来到了船上，按理说这可是自己的主场，他不能再这么被动下去了。不入虎穴，焉得虎子，达可借机发出邀请："那你想吃家乡的汤圆吗？"

"当然想吃啦，哪里有的吃？"

"我带你去。"

达可把小美带到厨房，对厨子说："她也是庆元人，你弄点汤圆给她吃。"

　　船长打了声招呼也走进了厨房，他这个老实人哪里懂得什么外交，只是看着这个大方的女贵客来船上做客，心里非常欣喜。很快，厨子就端着一碗汤圆送了上来。

　　小美道谢后品尝了一口，汤圆滑入齿间，她没忍住，闭上了眼睛。有一瞬间，达可注意到，那个伶牙俐齿、八面玲珑的真腊翻译官消失了，眼前出现了一个幸福而满足的年轻姑娘。"你做的和我妈妈做的一样。"她低声感叹。很快，威风堂堂的女翻译官正了正色，又戴回了面具。不过那短短一刹那，达可感觉小美真的卸下了防备，这样的真诚让他的内心踏实了一些。

　　船长看小美吃得高兴，就问："你回过庆元吗？"

　　"没有，母亲家人到真腊有好几代人了，所以我没有回过。"小美回答说。

　　"那你想回吗？"船长问。

　　"当然了，非常想去，只是没有机会。"

　　"找机会坐我们的船去。海浪颠得厉害，但我们的船大，不会颠。"

　　吃完汤圆，厨子收拾着碗勺离开了房间，达可见机便问："我们送礼物是好事，你们为什么要开箱检查？"

　　小美没有直接回答，而是讲了从西方传来的一个名叫"特洛伊木马"的故事。

　　达可之前从来没有听过这个故事，不过小美的意思一清二楚。特洛伊不仅仅暗示了真腊的处境，他自己不也是特洛伊人吗？达可没有想到她会直接向自己摊了牌。虽然小美远在真腊，她却摸透了自己的心思。

　　这样的同理心固然让他动情，可是达可因此却更加警觉了。眼前的这个女子已经摸透了自己，仿佛把目光逼近了自己的灵魂深处。可不能这样被牵着鼻子走，达可暗想。

　　"你能告诉我吗，这次元人前来，他们究竟抱有什么样的目的，他们究竟想从我国得到什么呢？"小美的问话看似平静，可她的内心已经隐隐焦灼了起来。

"不瞒您说，元人只是想和贵国和平建立友好的外交关系，互通有无。"达可只回答了一半。

没想到这人这么难对付。小美感觉自己刚才确实有些毛躁了，可是事已至此，她也只好正色道："如此便好。"

沉默再次笼罩在二人之间。再也没有什么托词可以用以掩饰，他们的目的显露无遗。

船长不知道何时走进了厨房，一个大嗓门打破了沉默："老乡姑娘，你看过我这艘船吗？这是咱们家乡造的，我敢说现在是全天下最大、最快、最好的船，你要是有空，我带你在船上转一转好吗？"

"好啊，我也想看看你的船，只是今天时间太晚了，还有事没办完，明天吧，明天专门抽出时间，我带他们一起参观一下你们的船行吗？"

数天的和议如履薄冰，在达可这里又栽了跟头，船长的这份邀请恰逢其时，给她带来了一丝希望。小美见状，马上便爽快地答应下来。

（四）

听说要参观全天下最好最大的船，西哈亲王颇有兴趣，第二天上午，他早早地就带着洪宰相和小美赶到码头。

这次参观，对于西哈亲王来说，他倒是有一连串意想不到的收获。

听说真腊代表要来参观船只，和顺王爷非常重视，他亲自带领恩立金、张德谦、达可在船下迎接，而且还安排了庆格尔泰和高娃两位女官身着盛装一起列队欢迎。

西哈亲王看到庆格尔泰，眼睛就直了，这个女官是他有生以来见过的最漂亮的女人，身材窈窕，身姿婀娜，皮肤晶莹洁白，双目神光电射。西哈亲王虽然已是妻妾成群，但还是招架不住这番异域风情。情迷意乱之中，他顺手就把准备好的礼物——一束鲜花——送给了庆格尔泰，让庆格尔泰接也不是推也不是，笑也不是恼也不是。

"这位美女是？"西哈亲王问。

"这是我们公主……"本来达可想介绍说"这是我们公主的随从女官"，可才刚刚说到公主，西哈就已经迫不及待了，自我介绍说他是亲王，欢迎公主殿下亲自前来访问。

西哈亲王的自我介绍，让所有在场的人大惊失色，他错把庆姑娘当成公主了，达可、小美都看出来一点，但是两人在翻译时谁也没有说破，先将就着往前走吧。

倒是和顺王爷看到西哈亲王因此公开报出了自己的真实身份，心中喜不自胜。这样一来，事情不就容易了吗？以礼相待，王爷马上让张宦官安排膳食，同时也增加了护卫。

一路上，参观大船时西哈亲王再也听不进去什么了，只是不停地回顾庆格尔泰，表现出按捺不住的欣喜。

到了船舱里参观礼品的时候，西哈亲王又激动了。走进一个又一个的船舱，看到成箱成捆堆积如山的绫罗绸缎、金银财宝、奇珍瓷器，还有一船又一船的骆驼、骏马、牛羊、珍禽、怪兽，他眼花缭乱，心旌摇荡，连连说好。他知道自己此行劳苦功高，这些礼品，国王也会奖给他一些。但是如若进不了国门，那这些好东西就与他擦肩而过了。

参观到中午，众人回到了蒙古包，娜日迈公主和乌海、阔尔罕也被王爷请来参加午宴。中方居左，真腊方的席位在右边，西哈亲王却直接把庆格尔泰请到自己身旁。

在皇宫侍奉了这么久，庆格尔泰的察言观色之道早被磨砺成熟。在这样的外交场合应该如何行事，其实和宫内没什么两样。她点点头，脸上很快就熟练地挂起了笑容。

娜日迈公主还没有看见前面的情形，因为她正在吩咐女护卫招待客人侍席。虽然是在船上，但从元朝宫廷里带来的御厨不会因此失色。为了保鲜，食材必须是生鲜生猛的，牛羊猪鸡鸭鹅这些船上带着呢，又临时从海里打捞上来一些生猛海鲜，很快由女护卫一个又一个往上端。上的酒是从庆元带来的百年陈酿黄酒，晶莹剔透，入口比蜜还甜。边上菜喝酒，这些女护卫又轮换着上来唱歌跳舞，看得西哈王爷和洪宰相是五迷三道，眼花缭乱。

舞蹈是全世界共通的语言，随着表演渐入佳境，两位翻译就闲了下来。自从上次两位翻译的交涉陷入僵局，达可就在想办法化守为攻。他已经想好了，道理很简单：示弱永远是最好的办法。

现在，达可悄悄地来到小美身边，一脸谦卑地请教她翻译时应当如何记录，记些什么。小美肯定不会拒绝。果然，她爽快地答应了，开始向他传授一些知识要领。二人都知趣地维持现状，不再提及昨天的话题。在这方面，他们倒是心照不宣地达成了共识。

西哈边吃边向洪宰相说，这些礼物都要尽快运进去，能通融的尽量通融。酒足饭饱之后，西哈王爷宣布，代表真腊国国王盛情邀请元朝使团到真腊国进行友好访问，邀请今天在座的所有人明天到真腊驻占城办事处做客，他邀请庆格尔泰公主，其他人陪同。达可是这样翻译的：专门招待公主，大家陪同。

翌日上午，来了几驾马车，洪宰相专门前来迎接，和顺王爷、娜日迈公主、庆格尔泰公主侍官、高娃公主侍官、恩立金、乌海、阔尔罕、顺达可可前往西哈亲王私人驻占城官邸。

西哈亲王亲自在门口迎接，众人下车后，王爷一一握手，然后领着庆格尔泰步入屋内。所有的人都心有灵犀，只有娜日迈公主心生疑惑，不是请公主吗，这到底谁是公主啊？她问达可，达可说：“当然您是公主啊，庆姑娘是代您接待一下王爷。”

屋内摆放了许多东南亚水果和小食品，大家自己取来吃。西哈王爷为庆格尔泰端上来一盘波罗蜜，庆格尔泰赶紧先端给娜日迈公主。

公主一尝，骂起来："怎么那么臭？简直臭不可闻！"

西哈亲王问："她说什么？"

小美说："她说好吃极了！"

西哈亲王又给娜日迈公主端了一盘榴梿，公主吃了一口，吐了出来。见状，西哈王爷哈哈大笑，他知道很多从中土来的人不习惯吃这个味道，多吃几次就会爱上。

这餐午饭是精心准备的，但是食材着实吓人，有猴脑、蛇、竹鼠、蜂蛹……所有人对每一道菜都惊叹不已，记忆深刻，然而大多数菜又都不敢进食。餐后回到船上，厨子赶紧下了面条给大家补充。

这天下午，根据和顺王爷和洪宰相的安排，达可和小美留在西哈官邸，对文书进行了进一步的修改。这一回，两位年轻翻译还是相向而坐，例行公事。不得不说，一来二去，达可确实从这位对手身上学到了不少东西。如今，他们之间形成了微妙的平衡，二人在相互周旋中反而达成了一种若有若无的默契，虽然双方都没能再进一步从对方口中套出什么，不过工作方面的对接的确是顺畅了不少。

修改内容如下：

使团人员增加到一百五十人。

军队三千人集中住在真腊兵营，武器交由真腊军队统一管理。

内卫可带佩刀十把、匕首十把。但使团住宿地由真腊内务部队负责警卫，元朝护卫不参与警戒，不可以携带任何武器离开驻地。

礼品不需开箱检查，进入边境即交由真腊负责管理运输，进入皇宫后的清点由西哈亲王点验。

元朝海船可航行到真腊内河航道前卸载换乘，并可停泊在指定的港口码头。

使团所有人员携带的银钱，由使团自行检查，有遗失情况，真腊政府不予负责。

修改后的文书，经双方最高官员达成共识后，签字画押，共同遵守执行。

双方商定，协定签署后，随时可以出发进入真腊。

和顺王爷决定，七月一日从占城出发，进入真腊。

出发前，唆都元帅把挑选的几名逃回来的士兵送到船上，随使团一起进入真腊。送人的军官又给唆都元帅带回一封密信。信中指示：派几个参战的士兵混入真腊边境地区潜伏，一方面秘密查找十二王爷和驸马，另一方面配合使团的边境行动。

第五章

初 来 乍 到

（一）

阳光明媚，海风习习，清晨，大元使团船队终于离开了占城，踏上了前往真腊的最后航程。从二月二日出发到今天，这支船队在海上漂泊了五个月了，他们吃住在船上，每个人都脱了一层皮，掉了一身肉，更多的是磨炼了心性。

大家站在甲板上，看着远离的占城港，欣赏着蓝天白云和翱翔的海鸟，心情格外美好。

西哈亲王、洪宰相和小美上了使团的船，他们将陪同使团进入真腊，直至吴哥。根据双方协商要求，使团对人员、船只以及装载携带的物品进行了重新调整。最初，娜日迈公主、乌海、阔尔罕等人还讲究面子，对军队、武器这些事还争来吵去，可看着宽阔的大海和漫无边际的云彩以及逝去的时光，大家都把脾气磨去了不少，只想着能够得过且过，早点完成使命就好。

洪宰相和小美陪着王爷、恩立金、张德谦等人坐在甲板上眺望风景，介绍着航程路线和历史掌故。达可边翻译边写，在小美的帮助下，他已经学会了不少专业翻译知识。

西哈亲王陪着娜日迈公主和两位公主女官在船上漫步，他更多的时候是磨叽在庆姑娘身边。而庆姑娘也已经习惯了。见状，娜日迈公主也主动和高娃聊天。

跑远洋的大船，船上携带的食物和水是用不完的，况且这是宫廷选用的船只，各种物品更是应有尽有，每一餐饭，都按照宫廷的菜谱、皇家的礼仪来招待真腊贵宾，西哈亲王一个劲地赞叹，表示到了吴哥他一定会尽全力招待大家。

在住宿上，按照官方礼仪给亲王、宰相和小美调整安排了相应的住房。亲王住在公主隔壁，宰相住在王爷隔壁，小美住在达可隔壁。

每天晚上，达可还要麻烦厨子给小美专门精心制作一份夜宵，或者是汤圆，或者是小馄饨。毕竟，再怎么说，如今小美已经是达可的半个老师了。虽然达可没有完全放下戒备，可她也的确是个认真负责的好老师。遗憾的是，达可自己不善烹饪，只能让船长他们代劳自己的心意。

既然二人对彼此的念头心知肚明，对方也都守口如瓶，他们的交往反而变得单纯起来。

到甲板上，让温暖的海风带走白日翻译重任的一切负担。小美不再是真腊的首席派出翻译官、真腊国宰相的千金，达可也不再是大元国家正式使团首席翻译，他们不再是对手，而只是两个平凡而疲惫的年轻人。星空下，什么察言观色、左右逢源，这些都可以暂时抛诸脑后。至少达可希望小美能够卸下自己的角色，让面具后面的她可以透透气，这也算是两位同行之间能够相互给予的慰藉了。而小美何尝不是这样想的呢？因此，小美每次都没有拒绝达可端来的汤圆。

一天早上，大家醒来看日出、吹海风的时候，发现后面跟随的四十艘运兵船已经不见踪影。洪宰相说，这些船已经在进入真腊海域之后停靠岸边，船上的士兵上岸，住进兵营里去了。在返回时，他们会重新编队跟上。王爷没有吭声。

稍晚些时候，船长告诉达可，昨晚路过一个海岛时，这些船只都停靠在海岛了。达可知道，这都是洪宰相的心机。他肯定会想办法把船支开，让士兵滞留在岛上。这样一来，元朝的三千军队便再无用武之地。

又过了两天，船只靠在了一个码头，码头上拥立着无数的大象和象工，还有军队和劳务。洪宰相说，海船只能开到此地，所有礼品将在这里卸载，搬运到大象上，由军队押运京城吴哥，请一百五十名使团人员在此下船，换乘内河官船，沿内河航运进到吴哥下船，就到地方了，还剩下一天的航程。

前面就是洞里萨湖，湖光山色交相辉映，树木繁盛，绿草如茵，不时还会出现一座又一座的庙宇。美丽动人的景色，让大家赞不绝口。

终于，黄昏前，大船停抵岸边，无数穿着当地服装的男女老少簇拥在岸边，举着各色鲜花欢迎来自元朝使团的正式访问。从船上下来后，真腊在岸边举行了简短的欢迎仪式，由西哈亲王和洪宰相主持，由小美担任翻译。在和顺王爷致辞时，达可担任翻译，在如此多的人的注视下，他感到无比激动，好在事先小美帮助他进行了准备，他才顺利完成了第一次公开场合下的翻译。

从岸边到驿馆的路程，使团主要成员乘坐皇家象队接待专用大象，西哈亲王和和顺王爷乘坐第一头大象，西哈王爷的夫人和娜日迈公主乘坐一头大象。

一开始，达可目不转睛地望着两旁欢呼的人群，眼神有些迷离。翻译完致辞之后。他一直迷迷糊糊，不知道自己身在何处。

尽管此前已经经历了不少，可是遇到这番隆重的场面，这个商人的儿子终究还是蒙了。身旁的小美又变成了一个陌生人，在众人面前，她的举手投足，一颦一笑，无不流露出千金的松弛自如，这分明与旁边穿着崭新官服的穷酸小子大相径庭。

使团入住的是吴哥国家驿馆，这是一个由一栋栋独体平房组成的建筑，极其精美。

当晚，西哈亲王设国宴欢迎使团的到来。

五个多月了，一直在大海上漂泊，今天来到了坚实的大地，大家仿佛觉得心里踏实了。

这一晚达可睡得又香又甜，他的确太累了，后半夜他做了个梦：他回到了家，家里给他办了隆重的婚礼，拜完天地，在洞房花烛之夜，他激动地揭开了新娘的盖布，举灯去看，发现是一个陌生人。这是谁？小美呢？难道不应该是小美吗？达可绝望地冲出房门，门外是一片无垠的荒原，远方隐没在深不可测的黑暗中。达可急忙关上门，却发现洞房里站满了人，都是模糊的面孔。小美呢？他在人堆中挣扎，拼命地叫喊……

（二）

清晨，阳光照射进了房间，鸟儿的叫声此起彼伏，喧闹不已。达可推开窗户，一股热浪冲进室内。

真腊地处赤道附近，一年四季都非常炎热，而此时的八月也正是一年中最酷热的季节。昨天忙忙碌碌没有在意，今天安静下来，体温对环境就比较敏感了。达可拿出最短款的衣服，还是觉得很热，不禁摇头。穿好衣服推开门，达可瞬间就惊呆了。

"我找了你一晚上，你跑哪儿去了？"达可张口就说。

原来，小美就坐在达可门口廊房过道的条凳上。在北方盖房子，走道儿都是在室内，而在这里，走道是敞开式的，建在门口，既可以遮阳，又可以挡雨，走道上安装有长条凳，供人们休闲。

"你找我一夜？什么情况？"小美不解。

"糊涂了，糊涂了！"达可十分尴尬。

"一早起来就说梦话，羞不羞啊！给你！"小美递过来一个包袱，里面是当地人穿的服装。

"你什么时候来的？"达可问道。

"我就住你旁边，父亲让我住在这里，为你们服务，也方便处理两边的联络。"小美道。

"真好。"达可点点头，不知道说什么好。

"走，吃饭去。"小美领着达可往餐厅走。

餐厅就在住房旁边的一个敞开式建筑中，大屋顶下四面通透，里面摆放了几张桌椅。但所有的侍从、侍女在另外一个地方吃饭。在西哈亲王和洪宰相的陪伴之下，和顺王爷和娜日迈公主等人步入餐厅。

落座后，大家发现有两个人的衣着不一般，一个是达可，穿了一身金黄色的真腊贵族的夏装，露出了整个右臂，显得更加英俊潇洒。另一个则是庆格尔泰，同样也穿了一身新的真腊女装，露出了晶莹洁白的肩臂，显得越发美丽。众人一怔之后，相视而笑。

"张公公，你和他们商量一下，还是在院子里搭个蒙古包，这小里小气的房子，到处都不敞亮，住得憋屈，睡不着觉，今天晚上让我住进蒙古包。"娜日迈公主说。

"这到哪儿去买个蒙古包啊？"张公公头都大了。

"我知道哪儿有卖的，一会我帮你弄来。"达可悄悄地对张公公说。

达可在吴哥城做生意好几年了，有几家唐人的商铺，卖什么货物，没有他不知道的。

"白天我陪大家到吴哥城随便转转，你们是大元来的，我们吴哥是小地方，你们视察一下。"洪宰相说。

餐后，在洪宰相的陪同下，使团二十位官员和侍从分别乘坐几辆豪华马车，进入吴哥城。吴哥城的市场繁荣，远超他们的想象。

在一条大路，路两旁一眼望不到边的食品摊位，整齐排列，路右边是肉、蛋、禽、海鲜、水产，许多动物关在笼子里，让大家震惊的是有许多蛇、猴、小熊、山鸟等也当作食品在卖；在水产里，各种鱼类多得叫不出名字，还有很大的海龟、蚌类和山龟。路的左边全是菜蔬、水果，大多也是大家没见过的。

天气越来越热，每个人都是大汗如雨，衣服一会儿就湿透了。看到达可和庆格尔泰身上穿着只有一只袖子的衣服，娜日迈公主十分羡慕，也想弄一套。于是，她让达可带路找一个成衣铺。

达可很快就把他们带到一家唐人开的铺子，达可认识老板，介绍之后，量身定制。娜日迈公主问老板，衣服做好要多长时间？老板说："你们都是贵人，必须精工细作，需要三天。"

娜日迈公主闻讯，从裁缝台拿起剪刀，一下子就把自己右边衣袖剪掉了，对老板说："甭急，你慢慢玩吧。"然后又把左边剪去半截。

天气实在是太热了，逛了才一会儿，这些来自北方的元朝人实在受不了了，赶紧坐上马车回驿馆了。

"中午、晚上吃的，热菜一个甭上，全上凉的，拍黄瓜、凉拌菜、芝麻酱凉拌面就行了。"公主大声对张宦官说。

张宦官也是满头大汗，热得不行，可是他也遇到麻烦事了。这里没卖面粉的，也没有芝麻酱，本来船上都备着呢，可现在船跑哪儿去了，谁也不知道。这里的虾酱、芥末，公主都吃不惯，这可怎么办？还是得找达可，其他人对这里只能是两眼一抹黑。

（三）

太阳落山后，暑气小了很多，洪宰相、小美和达可带着众人到吴哥城逛夜市，看夜景。

和北国风光不同，南国的夜晚才是天堂，整个城市都被各色的灯火照亮，充满了生机和活力。人和飞蛾一样，喜欢往光亮的地方走。

吴哥的夜市是东南亚最负盛名、最有魅力的景观。昼间卖食品的那条主街，灯火辉煌，香气扑鼻，路两旁布满了烧烤摊，每个烧烤摊挂着一个马灯，架起铁架子，用铁盘装上果木炭。把白天没卖完的各种鱼和肉烤着吃，总比扔了好，有的摊位还供应煮粥。吹着洞里萨湖送来的凉风，吃一点烧烤，真是一种难得的享受，公主带着高娃和庆格尔泰，走一路吃一路，赞不绝口。

过了烧烤一条街，接下来是小商品一条街，在长长的街道上并排在路中央，肩靠肩、背靠背组成了商业矩阵。每一个摊位上面搭着防雨布，里面挂着马灯，地上铺了毛毡，上面放上所卖的小商品，妇女们就地而坐，负责经营。转来转去，公主也选了几样小商品，可交钱时，才发现银锭太大了，用不上，小美赶紧帮公主把钱交了。

达可在下午大家休息的时候，弄了一驾小马车，带着张宦官来到一家唐人商铺买回了蒙古帐篷，又在另外一家杂货店里找到了芝麻酱和三斤面粉，面粉装在瓷瓶里，真腊没有人种小麦，面粉是从中国来的，所以很珍贵。

晚饭芝麻酱面只做了两碗，只有娜日迈公主和王爷两个人有的吃，其他人都没有，为此张宦官还惹得阔尔罕王爷一通挖苦。

趁着公主去逛夜市，张宦官赶紧带人把帐篷搭了起来，草地上铺了席子，把被褥也铺好，帐篷里面挂了马灯。

娜日迈公主逛街回来，已经是一身大汗，张宦官告诉大家，可以到后院的凉水池里清凉清凉。水池用整齐的石头堆砌，约三十平方米，水深一米左右，沿水池边缘可以坐下来泡浴。

由于气候炎热，吴哥几乎家家都有这种水池，泡澡冲凉是他们生活的一部分，而且一家人会在一起泡浴。因此，这是男女合浴的方式。而在北方，冬季虽然也有泡澡池子，却是男女分开的。真腊使团早已考虑到了这些细节，两个崭新的水池已经及时建好，供远道而来的男女贵客们分别使用。

洗澡冲凉后，娜日迈公主就和几位女官、女护卫坐在草地上乘凉，看月亮聊天。吴哥的夜空格外澄澈，大家聊起吴哥的热闹和市场上的奇闻逸事。

说着说着就到了深夜。

后半夜刚睡着觉，就下起了雨，电闪雷鸣，狂风大作，还听到野兽的吼叫声。一会儿雨水就浸入帐篷，席子下面全进了水，泡了起来，大家坐在席子上，看着水往上涨。有人提出应该回房间。娜日迈公主只好说，回头是岸，各回各家吧。话没有说完，大家就抢着冲出帐篷回了房间。

（四）

外面电闪雷鸣，狂风暴雨，室内烛光闪烁，香烟缭绕。这里是真腊国王的金宫，是一座塔形建筑，整座建筑用金箔镶嵌，精美无比。

深夜了，在安排完元朝使团之后，西哈亲王和洪宰相来到了国王宫，向国王汇报情况。

国王："他们的三千军队安置好了吧？"

宰相："全部安排好了，利用夜间在冷泉岛靠岸，人员登上岛之后，船全部开走。人船分开，不会出什么大事。人员住进兵营，把伙食搞好，吃好睡好，就不会闹事。"

国王："他们这次来的目的究竟是什么？"

亲王："明面上是为了和平外交而来，可是目的肯定不止这一个。他们到底是来干什么的，我们尚未知晓。我的女儿也还没有打听到什么。"

亲王："那你说还有什么目的？需要我们帮他们做什么事吗？"

宰相："也不像，他们对我们并不熟悉，甚至连吴哥的名字都没听说过，能让我们帮他们什么？"

国王："那他们给我们这么多礼物做什么？这不合常理啊！还是要再摸清一下。首先，一定要招待好，给他们住好吃好，待客之道要做充分，礼尚往来嘛。第二，陪他们好好转转，使他们了解真腊。第三，也是最重要的，就是尽可能和他们交好，元是大国，能结盟结盟，能结亲结亲，就是不要结仇。你们辛苦两个月了，先回去歇息吧。"

大雨过后，到后半夜了，天气又热起来了。和顺王爷是在北方长大的人，没有经历过赤道附近的生活，实在热得睡不着觉，只好出门纳凉，没想到恩立金和张德谦也在门外，三个人就聊了起来。

恩立金："依你判断，驸马还活着吗？"

王爷："死了，也没死。死要见尸，活要见人，咱们见到什么了？主要是许多人不希望他活。人死了，什么事也没有了。"

恩立金："那下一步做什么呢？"

王爷："礼之用，和为贵。礼物已经送出去了，和了吗？那就做点和的工作。告诉所有的人，不利于和的事不做，不利于和的话不说。至于驸马和王爷的事，这是火药桶，一碰就炸，现在讲还不是时候。这之中要是出了什么岔子，以公主的脾气，我们外交使团的和平使命就难以为继了。"

恩立金："就这些？"

王爷："就这些。对了，好好看看。哎，咱们带过来的那几个士兵呢？"

恩立金说不太清楚，是乌海和阔尔罕管着。

事后恩立金对和顺王爷说，一来到吴哥，就把这几个人撒到前边去了。

和顺王爷闻讯皱皱眉头，但没有吭声。

第六章

好 事 成 双

（一）

　　吴哥的清晨总是非常美好。在经过夜间暴风雨的洗涤之后，蓝天显得更加清澈，浮云格外洁白，树叶更加鲜嫩，绿草更加柔软，所有的建设焕然一新，生机盎然。

　　小美走过来了，她穿着金黄色的当地服装，足踏红色的木屐，下身是飘飘欲仙的灯笼裤，上身是露出一侧右肩右臂的短衫套衣，把结实的臂膀、细长的脖子、圆润的腰肢完美地呈现在大自然之中，还露出了小腹和肚脐连线，伴随着踢踢踏踏的脚步，犹如天女下凡。

　　"我也想穿这样的衣服，你们怎么把衣服剪成这个样了？"一个昨天没有跟着去的女护卫问身边的人，而这些女孩都和娜日迈公主学习，把原来的衣裳剪得乱七八糟，凉快就好。

　　"告诉你吧，我们昨天都订好了这身衣服，你没去，所以没你的。"她逗着说。

"今天我也要去，我也要订。"

宰相在一旁看了，问小美："在哪家店订的，要多少钱，什么时间做好？"

小美回答说："就在唐人街上，铺子是最好的，价格打了折扣，要三天取货。"

宰相："你等一会儿去告诉老板，给每人再订七套，要七彩颜色和不同料子。都要上好的。给公主订一百套，按真腊王后的标准，包括礼服、常服、休闲服、猎装、钓鱼装、晚礼服。今天上午，必须先给每人做好一套。今天下午，我带王爷和男士去量身订制。我会让宫廷总管把所有的衣料今天送过去。所有费用我会去付款，不能收大元朋友的钱。另外，你找一家珠宝店，按照王室标准，给每一个人配一套服饰。这是国王和亲王昨晚上安排下来的，很快国王接见时要用，明白了吗？"

达可看到，小美已经把这些信息记了下来，记录中有符号，也有数字。

宰相的话令在场所有的人惊喜万分，拍手鼓掌感谢。

宰相轻轻点头示意："实在是慢待了，这件事情我们本应提前做好，没有想到阁下欢喜我们的服装，国王听了也很开心，所以专门布置下来，我们一定要抓紧落实使团的一切需要。"

公主倒是不客气，直接嫌这里的白面贵，说三斤面粉要一百两银子。

在座的所有人吓了一跳。

宰相立即起身道歉，言罢，深深鞠躬。

恩立金突然想起昨晚上王爷的话：礼之用，和为贵。不利于和的话不说，不利于和的事不办。还真是心有灵犀啊！

他抬起头向王爷看去，王爷平静地看着这一切。

恩立金突然发现，今天早上以来，宰相所有的话，全都是讲的华语，没有用翻译。他一直在装，真是深藏不露。怪不得所有的一切，都被他玩弄于股掌之中。

这边，达可着实吓出了一身冷汗，三斤面粉要一百两银子，要说中间人没拿好处费，谁也不相信。但他真的没拿。本来是积极干好事，可好事办不好就是坏事。两国之间的关系，就没有小事，哪怕是一两面粉、一瓶芝麻酱。事不关己，高高挂起，少说为佳，但求无过。有的时候，就要无为，装糊涂。他看了一眼张公公，什么都明白了。他突然想到要不要和小美解释一下，但想想还是不说为好。这件事是解释不清的，只会越描越黑。另外，就是这个娜日迈公主，真是太难伺候了。

用完早餐，公主在小美的带领下，欢天喜地地上了豪华马车，又奔吴哥闹市而去。

和顺王爷叫恩立金、乌海和达可留下，洪宰相知道有事，也留了下来。

"谢谢你刚才的悉数安排，我代表大家谢过了。"王爷说。

"区区小事，不足挂齿，原本是我们多有疏忽，失礼了。"宰相说。

"不知下一步，国王有什么考虑和安排？"王爷问。

宰相："国王对大元使团来访高度重视，嘱咐我们一定要用最高的国礼，安排好使团的起居餐食。考虑使团五个月来车船颠簸劳顿，同时礼品也在输送清点之中，噢，现在亲王正在王宫进行清点。待准备好之后，请使团到王宫，以国礼相迎，组织一个欢迎庆典。"

王爷："国王和亲王还有什么要求吗？"

宰相："自古以来，中国与周边就有和亲的传统，为此，这次如若能够把庆格尔泰公主和西哈亲王的婚礼办了，实现两国之间的结亲结盟，岂不是喜上加喜，好事成双？"

王爷："如此便好，只是我们原来没有准备。"

宰相："无须更多准备，公主的陪嫁，从这次的礼物中划出一些就够了。男方聘礼我们会全部呈送娜日迈公主。并请公主以母亲身份参加，王爷您是证婚人，国王是主婚人，您看，这样可好？与欢迎仪式一并举行。前七日在王宫举办欢迎使团的仪式。请使团全部入住王宫。后七日举办公主与亲王合婚大礼。同时，昭告天下，邀请周边各国王室参加，普天同庆，充分弘扬大元和我国的结盟之好，不知可否？"

和顺王爷内心一阵窃喜，这一安排虽然事出偶然，但是却也是事出必然，这不正是我王所要的效果吗？真是天作之合啊！

见王爷表示支持，宰相激动得脸都红了。

和顺王爷突然间对这个洪宰相生出一种好感。他一直觉得此人很狡猾，现在却觉得他值得信赖。

宰相走了。当着几个人的面，王爷把张宦官叫来："怎么回事？"

"什么怎么回事？"

"就是一百两银子买三斤面的事？"

张宦官看了达可一眼，达可面无表情。

"噢，那是公主在说笑，你还不知道她吗？"

"怎么开的玩笑？"

"是这样的，昨天早上公主安排了三件事：一是要住帐篷，二是要吃面，三是要吃芝麻酱面。昨天刚来，我们人生地不熟，到哪儿去整这些玩意儿？我头都大了，就托达可翻译官帮忙想办法，好在有达可帮助解决了。"张公公这番解释，让达可悬着的心一下子放下了。

"今后办什么，都要谨慎，要慎独，公私分明。达可你记住了。"王爷一字千钧。

达可连声应诺。

"去把你这两天的日记拿来，让我看看。"

（二）

成衣店老板真是乐疯了。十二位女士每人七套七彩祥云，一位公主做一百套的百鸟朝凤，而且用的都是最好的宫廷衣料。这还不算，下午还有一百多位男士，每人也不少于七套以上，这加起来就是上千套顶级成品，价值在十万两银圆以上，这是什么生意，一辈子不干都够了。他突然想起了达可，这笔生意一定是这个温州小老乡帮他拉来的，不能让他白干。还有这位穿红鞋的讲汉语的美丽姑娘，这女孩一定有大背景，以后的生意离不开她，一定要抓住她。

大家量身完毕，起身离开。小美对成衣店老板说，下午还有人来，这回你发大财了。衣料下午送过来，你收好了。先给你留一千两银子的定金，其他的钱，会边做边付，明白了？做好一点啊，保质保量，要抓紧别耽误时间了。有事到宰相府找我，就说找洪翻译官。老板连连应承，不敢有丝毫的马虎，一直把众人送到门外，看着车子离开。

"等会儿去哪儿玩啊？"有个姑娘问道。

"你昨天晚上不是说得挺热闹吗？这么快就忘了，就去你昨天说的那个地儿。"

"哦，知道了，知道了。"这个姑娘反应过来了。

她来到小美面前，悄悄对小美说了一番话，小美听完后笑了。

小美告诉车夫要去的地方，很快，马车就到了这个姑娘说的地方——一家印度神器店门前。

打开车门，姑娘们从车上下来后，看到神器店门前立着的一个个巨大无比的林伽神像，全都面面相觑，笑也不敢笑，问也不敢问，低着脑袋像做贼似的，跟着公主走进店里。

店内印度老板一看，进来了一批中国的女顾客，不知道应该怎样接待，就进去把老板娘叫出来接客。

"这都是什么呀？"公主问。

"林伽，这叫作林伽。"老板娘说。

"邻家，这不是你家吗？怎么是邻家呢？"公主实在是听不懂。跟进来的其他女孩也弄不明白，一个个偷偷摸摸地看着店内的神物，故意不看林伽，但是又忍不住偷偷地瞄两眼。

印度老板娘一看，实在给她们解释不清，加上自己又不会讲汉语，干脆就躲到一边去了。

小美见状，只好自己走过来，向公主介绍说："这些都是印度教的神物，这个象征男性生殖器的叫林伽（一作'希棱伽'），这个象征女性生殖器的叫优尼（一作'育尼'）。《往世书》中说，林伽是宇宙的起源，尊林伽为宇宙的最高存在，主宰宇宙的创生和末日万物的融入。林伽又是印度教湿婆神的象征，寺庙里崇拜湿婆的标志。印度全国各地湿婆庙宇和家宅湿婆神龛主要供奉着林伽。"

"你给每个人挑一个，给我整个大的，摆屋里。另外你再买几个，叫什么'约你'的，挑几个送给王爷和他们几个人，他们看着肯定高兴。"

"你们大家自己挑啊，挑好了，到这儿来我给你们结账，别不好意思啊。"小美对大家说。

（三）

太阳落山后，宰相陪着和顺王爷、恩立金、乌海、张德谦、阔尔罕以及达可来到了唐人街成衣店，量体裁衣。其他一百多人就不一一到成衣店了，而是由成衣店的师傅到驿馆给他们量体。

"你这儿还有碧螺春，这可是今年的新货啊。"王爷惊奇地问。

"您真识货，我这可是今年的新茶，上周才从庆元海运过来的，全吴哥也不到十斤茶。"为了今天这笔生意，成衣店的老板可真是下血本了。

"你也是庆元人，那你认识他吗？"王爷指着达可说。

"哪能不认识？他是我的小老乡啊。但他是温州人，我是庆元人，还有点距离，在这儿，庆元和温州人是很多的，这条唐人街上，至少有一半都是浙江人。"老板说。

"你这茶很贵吧。在这儿要多少钱一斤啊？"王爷问。

"给你们喝，多少钱也不算贵。您给了我这么一大笔生意，这点茶钱还不是小意思？还真不够款待您的。"老板说。

"你祖上来这儿有几代了？是什么时候到这儿来的？"王爷问。

"我们浙江人大部分是宋朝来的，开始是北宋有一些，但更多的是南宋，当时很多人来都是为了避难，我的祖上来了有快一百五十年了吧，算比较短的，从广东那边来的，大多是汉唐时代从水上漂过来的。"老板回答。

"怎么样？在这里日子还算好过吧？"

"好过，这里稻谷多，也便宜。气候热，也用不了更多的衣服被子，找个婆娘也花不了多少钱。盖房子木材也比较多，比较便宜，所以日子要比国内好过一些。"

师傅给大家量身之后，王爷就准备离开，临走时，宰相对师傅说："上午来的那个女孩，就是那个翻译，有什么事就按她说的办，这个差很重要，不能有丝毫的差错。明白吗？"

师傅连声答应，并把准备好的两斤茶叶让达可给宰相拿上。达可知道，这两斤碧螺春，少说也要二百两现银。他交给了宰相的跟班。达可知道，这笔买卖，宰相少说能得几万两，而且必须是经过小美的手。

王爷在宰相的陪同下，在唐人街上转悠，看到一个斗鸡赌博的场子，就进去了。只见里面有几十个人在看斗鸡，不停下注，这个场子的老板也是个唐人，他的老婆在手持铜钵收钱，阔尔罕下了一大注，可惜没赢。估计赢了老板也付不起，他下了二百两。

回到驿馆，只见成衣店老板已经到了，使团的人排着队量身。

王爷悄悄地对达可说，我用不了那么多衣服，我家里有几个女儿，你和老板商量一下，分别给她们做几套，拿回去当作礼品。身高和小美姑娘差不多，稍胖一点。

在达可身后，张宦官小声抱怨道："我还得给公主修帐篷去，昨儿个下雨，帐篷里都淹了，今天又买了床板，要架起来睡，有房子不住，这叫什么事呀？"说罢便嘟嘟囔囔地走开了。

（四）

陪同元朝使团用完晚餐，洪宰相就匆匆赶往王宫，把一天的情况禀告给国王和西哈亲王。

"看你得意扬扬的，莫非是有什么好事吗？"国王说。

实际上，洪宰相和国王、西哈亲王是有亲戚关系的，属于姨表亲，也就是洪宰相的母亲是国王母亲的妹妹，在真腊这个社会环境中，姨表亲的地位至关重要。洪宰相和国王、亲王是一同长大的，所以他们说话也比较随便。

"今天我办成了一桩大喜事。"宰相说。

"什么大喜事，快说来听听。"国王问。

"你怎么感谢我呀？"洪宰相看着西哈亲王说。

"感谢你什么？跟我有关系吗？"西哈亲王不解。

"我帮你说成了一门亲，是大元朝的公主……"宰相说了一半停下来，故作神秘。

"公主，那个娜日迈？我可惹不起。"西哈亲王摇头。

"大元公主的女儿，庆格尔泰。你要不要？"

"庆姑娘啊！当然要啦，你怎么说成的，她不是女官吗？怎么变成公主啦？快说来听听。"西哈亲王急不可待。

于是，宰相把那天与和顺王爷商量好的策略告诉了他们。

"太好了，这事儿办得漂亮，真是一举两得，既结了亲，又结了盟。"国王很是高兴。

"结婚所用的礼品，就从元朝使团带给我们的礼品中拨出来一些。"

"这是小事，你来办就可以了，还有什么别的事儿吗？"国王问。

"边境倒是传来了一些消息，感觉又有些蹊跷。我们的人在边境抓住了一批元朝士兵，是不久前潜入我国边境的。当然，就我问到的信息来看，他们是侦察兵，又被我们抓获了，还构不成威胁。可是，明面上，他们又摆明了态度来和平建交，这样一来，我真不知道他们的葫芦里到底在卖什么药了。"宰相说。

"我们必须尽快探清他们的底细。这件事情不能在台面上讲，还是以婚礼为第一。我想，还是要指望你女儿再去探探那小子的口风了，这事耽搁不了。"国王对宰相说，神情严肃。

第七章

求婚聘礼

（一）

深夜的后院，和顺王爷与娜日迈公主相向而坐，正在密谋着什么。

王爷想要说的就是把庆格尔泰嫁给西哈亲王的事。

公主从来就不看好西哈亲王，她自然是不同意的。可是在亲王的循循善诱下，公主逐渐意识到身边的这个女护卫已经不再是原来的庆姑娘了。从此以后，她也将成为公主，以娜日迈公主女儿的身份嫁入真腊。

至于她的过往，那个无父无母、被娜日迈公主一手带大的孤女，已经被掩埋在时间的烟尘之中。在这场决定性的外交国事面前，她只是一枚棋子而已。就算是娜日迈公主的意愿，也无法改变这场联姻的结果。她们别无选择。

现在，娜日迈公主虽然听着王爷讲真腊包揽所有陪嫁，讲即将到来的婚礼，讲国家邦交，讲和平，可是她的眼中只有那个无父无母的女孩儿，她看见自己怀里正睡着的婴儿，而她在轻轻呼唤着这个小孤儿，用她亲自起的名字："庆格尔泰，庆格尔泰……"

天上电闪雷鸣，下起了每天一场的大雨。房间里，庆格尔泰被雨声惊醒，她睡眼惺忪地看看后院，莫名感到有些忐忑。

（二）

半个时辰后，庆格尔泰已经知道了一切。出乎意料的是，庆姑娘的反应并没有公主想象的那么大。

可能这个从小心思缜密的孤女早就隐约感觉到了自己的命运将会走向何处，可能她已经在心里多次掂量过异国公主与女官护卫的区别，可能那个妻妾成群的外国亲王真的能够成为她的依靠……不过，没有人真正知道庆格尔泰究竟是怎么想的。她只是低着头，轻声说："全凭母亲大人的安排。"

娜日迈公主心事重重地躺在铺板上，高娃和庆姑娘分别帮她扇扇子，不一会儿，公主就进入了梦乡：

辽阔的草原，一望无际的蓝天白云。

人们正在过节。

一群青年正在赛马，一个英俊的青年勇士骑在一匹白马上，跑在最前面。他拔起了一杆又一杆插在草地上的旗子，超越了所有人，在欢呼声中冲过了终点。

又是这个英俊的青年，正在和另外一个壮汉进行摔跤比赛，两人你推我搡，互不相让，眼看他就被壮汉摔倒了，他坚强地支撑着，翻转过来，突然他把对方举了起来，然后扔了出去，在一片欢呼声中，他又一次获胜。

又是青年在进行射箭比赛，这个年轻的勇士每一支箭都正中靶心，空中飞过来一只老鹰，只见他昂首挺胸，高高抬起箭身，一箭射中了天上的老鹰，引起了一片欢呼声。

阿爸给这个年轻的勇士，戴上了象征胜利的红飘带，又给他倒了一大杯马奶酒，他抬起头来一饮而尽。

无数姑娘在仰慕这个年轻人，而她，娜日迈公主，也在这群姑娘之中。

突然间，天上电闪雷鸣，草原上，这个青年带着十几个人骑着烈马狂奔。雷电照耀下，这个年轻人面目狰狞凶狠。

她自己骑着马在草原上狂奔，躲避着这群人的追逐。她躲进了亲戚家的帐篷中，藏在衣柜里。

这群人冲进了帐篷里，把她从衣柜里搜了出来，这个年轻人上来一把把她抱起，扛在肩膀上，冲出帐外，将她横着放在白马背上，然后他骑上白马，带着她在草原上奔驰，其他的青年人吹着口哨，呐喊着跟在后面。

在部落里，头上是弯弯的明月，地上是堆堆的篝火，她陶醉了，她和这个年轻人穿着盛装，手牵手来到父母面前，举行隆重的婚礼。所有人翩翩起舞，大声歌唱，共同为他们祝福，她心中充满了喜悦。

月光下，她和新郎坐在敖包上，望着辽阔的草原，享受着新婚之喜。年轻人抱着她，她仰起头来，闭上眼睛，等待着他的亲吻。

为什么没有亲吻呢？

她睁开了眼睛，突然间她被眼前的景象吓坏了。

敖包周围，无数野狼的绿色的眼光闪烁着，野狼在拼命地嚎叫，一拨一拨冲了过来。

新郎挥剑和野狼群搏斗，野狼一拨一拨地向上冲，他不断挥舞宝剑斩杀野狼。

野狼群被打退了，远处新郎的白马跑了过来。

就在这时，他们看见在白马的后面跟着许多举着火把的敌人，他们一个个头戴着面罩，向他们冲了过来。

新郎带着她骑上了白马，拼命地向远方的小山上奔去。

无数的敌人紧追不舍，他们冲上了前面的高山，可是前面就是悬崖绝壁，已经无路可逃了。

无数妖怪冲上来，新郎与敌人搏斗，他身负重伤浑身是血，跳下悬崖。这群恶魔把她抓住，一个妖怪抱着她，死死勒住她，把她压在身下，她喘不上气，拼命地躲避侮辱，拼命地躲避妖怪的血盆大口，妖怪吐出的气充满了腥臭，使她头晕目眩，她想喊叫，可是一点声音都发不出来⋯⋯

就在这时，她仿佛听到了姑娘们在她的身边拼命地喊着，使她一下子从梦中惊醒。的确，所有的姑娘惊恐地看着她，又不敢前来，她定睛看向自己身边，自己正抱着一条大蟒蛇，而蟒蛇正与她嘴对着嘴！

她疯了一样爬起来跳出帐外。

（三）

不管做什么噩梦，大蟒蛇钻到帐篷里却是真实不虚的，这让所有的人都惊恐万分，打死也没谁敢住帐篷了，全都乖乖回到屋里。

早饭的时候，娜日迈公主依然是心神不定，六神无主，她和众人一起围坐在桌旁，把昨晚上的梦境又叙述了一遍，让几个人为她圆梦，预判一下吉凶祸福。

大家推了一会儿，张德谦先说："依我看，是有虚惊而无祸。第一，我们起一下卦，现在的时辰为寅时，寅为火、为南。再看一下现在的位置是在南方，又是在赤道附近，依然为火。上下卦既然都为火为离，那么就是《周易》中的离卦，卦辞怎么说呢？离，利贞，亨。畜牝牛，吉。从中我们的基本面是吉祥亨通的。那么公主现在思考最多的是什么呢，是不是离与合的问题呢？我们测的正是离合，而梦境也是离合问题，答案应该是一致的，吉，亨通，利贞。具体来说，公主的梦分四个部分，一是三仗全胜，三箭全中，什么意思呢？三为离，为必胜。第二，抢婚，抢到手了，抢到什么了？'畜牝牛'，就是母牛，母牛代表吉祥的意思。第三，合婚。这当然是圆满象征。第四，从敖包相会到血光之灾，这代表了离，问题是结局怎样呢？如果到驸马跳崖就结束，那就是真离了，可现在是公主从梦境虚幻回到阳间的时候，竟然怀抱巨蟒。巨蟒是什么？蟒为龙蛇，所以公主怀抱的是真龙，就代表着光明，而光明还是离。由此可见，公主是怀抱光明和吉祥的。我想应该是这个吉兆了。"

恩立金马上附和，表示赞同。

乌海和阔尔罕说赞同张德谦的圆梦，自己不擅此道。

和顺王爷则非常欣赏张德谦的《周易》运用，更赞同他的圆梦，并祝公主心想事成，万事大吉。

就在这时，远处传来了宫廷礼仪的乐曲，由远而近。

从大门外驶进一驾豪华马车，下来的人是宰相和他的女儿小美。

"西哈亲王来送聘礼了，请公主马上准备接受聘礼。"宰相说。

众人一听，赶紧回屋换上礼仪服装。众人陪同公主、席姑娘站在庭院中央等候。

不一会儿，西哈亲王骑着大象进到院子，他的后面竟然跟着上千宫女组成的庞大礼仪队。这些宫女每人手里捧着一个珍宝盒，里面装的，是王爷送给公主的求婚聘礼。

进院后，队伍停在了广场中央公主面前，西哈亲王从马背上下来，恭敬地走到公主和庆姑娘面前。亲王行大礼后，宣读求婚书，然后宣读礼单，其中有百鸟朝凤礼服一百套，南海珍珠一百颗，红宝石一百颗，绿宝石一百颗，翡翠首饰一百件，象牙一百套，犀牛角一百套，檀香制品一百套，黄金首饰一百件，白银首饰一百件……

长长的礼单念完后，一千名宫女根据亲王的口令，同时打开珍宝盒，只见广场上珠光宝气，在阳光的照射下，闪闪发光，放出晶莹的光芒，让人睁不开眼。

这时，新郎走上前来，拉着新娘的手，给母亲行大礼。

然后两人陪同母亲和诸位女方的亲友进入广场，在所有的礼品盒前绕场一周，参观聘礼。

这些聘礼全部是赠送给母亲大人娜日迈公主的，参观清点之后，将全部装箱运往元朝京城。

这些贵重的珠宝聘礼，对于这些王公贵族并不算什么，他们曾经攻克了一座又一座城池，全世界的财富都被他们掠夺瓜分。就是这次他们带给真腊的见面礼，也要比今天的聘礼多上不知多少倍。

然而，真腊竟然舍得用这么多宝贝来迎娶公主身边的女官，娜日迈公主还是大开眼界。同时，也是为了花钱消灾，把昨晚上的噩梦挥之而去，她必须彰显一下"畜牝牛"的光辉，她毕竟是大元的公主，什么没有见过，怎么可能看重这点小玩意儿？还运回京城去。她更看重的是一种情谊。

只听她淡淡地说："甭装什么箱子了，把东西都搁这儿吧，新郎回去把婚礼准备好了，把我这个女儿风风光光地娶回去就好了！这聘礼啊，除了衣服，其他的给大家伙儿分分，这是庆姑娘给大家留的一个念想，大家记得好就行了。好了，都散了吧。对啦，我搬回屋里去睡了，那条大蟒蛇就放生吧。这几天要办喜事，少杀生。"

（四）

"此地供奉着这么多佛像，不知道宰相阁下信仰哪一尊？"和顺王爷问道。

"我也不知道应该信哪一尊佛，我信国王，国王信佛，所以呢，我也信佛。道不同，不足为谋，我一个当宰相的，必须和国王同道。在我们这个国家，国王既是王又是神又是佛，所以我必须和国王保持同一个信仰，否则我这个宰相就不能当了。"洪宰相回答。

"高见，实在是高见。"和顺王爷莞尔一笑。

此地是王宫旁边的一处庄园，也是真腊国洪宰相的府第。庄园有山有水有池塘，整个建筑充满了热带雨林的风情。

女主人就是宰相夫人和女儿小美，正陪同娜日迈公主及随从高娃、庆姑娘一起，漫步在庄园里，欣赏花果。

宰相夫人十分喜欢达可这个年轻人。交谈中，双方惊喜都是温州永嘉人，夫人也姓周，和达可家离得并不远，只是夫人祖上来得比较早，是唐朝末年前后过来的，已经约四百年了，一直在做海上贸易，以经营丝绸为主，可以说是吴哥富贵之家了。夫人的相貌与小美相似，看得出来，小美的一部分气质便来自她那温文尔雅的母亲。

庄园里许多树木花草在中国都很难见到，花木多且香而艳。其中种了大量的荔枝、橘子等水果，池塘里的水中之花更是品种繁多。院子里还养了孔雀、翡翠、大鹦哥等鸟类，另外，还有大象、小熊、猴子、梅花鹿等走兽。女士们边看边说笑，时不时传来阵阵欢笑声。

娜日迈公主对庄园赞叹不已，采摘了好几朵花插在自己的头上。连着几天，公主都做噩梦，没睡好觉，小美和宰相商量设家宴招待公主王爷一行。

男士们在前廊客厅里喝茶聊天。女士们从花园里回来了，一个个头上插满了鲜花。随后，大家跟着主人步入后院的餐厅。在后院屋廊下，土地板平台上，摆放着两张宽大的方桌，上面铺着洁白的台布，精美绝伦的中式餐具摆放整齐，站立着约二十位身着盛装的女仆、男仆，都是十五六岁的年轻人。所有菜品都是宫廷厨师所为，色香味俱全，无与伦比。招待中土来的元朝使团，各式美酒及各种鲜榨果汁摆满了一大桌子，客人可自选而用。

席间，宫廷乐师舞伎不停地表演歌舞，小美忽然起身，异常热情地拉着达可站起来，邀请他随她一起跳一段真腊舞蹈。

达可起身，莫名其妙就站在了众人中间。

小美什么也没有解释，双足随着鼓点交错起来。达可盯着小美的脚步，感觉自己回到了颠簸的船上。

他本能地感觉到小美有些不对劲，可又说不出来是为什么。小美显然懂得在这种场合应该如何让众人尽兴，她好像完全把达可当成了一个逗笑的包袱，环绕着他笨拙的躯体翩翩起舞，宛若蝴蝶。

小美忽而远，忽而近，有时紧贴住达可，有时又将他推开。达可晕头转向地被越带越远，来到了众人为舞者所预留的空地中央。在喧闹的乐声中，在此处低语没人可以听见。

达可后来才意识到了这一点。他当时只觉得头晕目眩，淹没在一片燠热的律动中，小美的声音幽然而至："你们的士兵为什么潜伏在边境？"

达可慌了。这是怎么回事？达可自己根本不知道唆都将军派兵潜伏至真腊边境这一回事，原来大元还有另一手准备。野狼早已入室，这件事要是处理不好，真腊的命运将危在旦夕。可是，她又怎么会知道？她知道了这件事，就意味着国王和宰相也一定知道了。

小美飘然远去，手指挽着达可的胳膊转了个圈，又旋了回来，头昏脑涨的达可紧紧盯着那双锆石般锐利的眼睛，聚起最后一丝毅力挤出一句话："你们为什么要把我军队困在岛上？"

小美的脚跟陡然一滑，差点摔倒在地，达可一把抓住了她，小美借力又转了一圈，远处有人鼓起了掌。

达可有点明白跳舞的要领了，和在船上的行动一样，要领在于下盘要稳。

两人都重新找到了节奏，他们四目相对，四腿时而交错时而分离，旁边的乐师看见这一幕，换上了更欢快的节奏。

小美突然在达可耳畔侧身，弯腰，她长发及地，仿佛要倒在地上，又突然起身闪过："我害怕。"

达可如同攀住船舷一样搭着小美的肩，往她身后一闪。

小美抖动身体缓缓离去。

随着小美往后撤步，达可的指尖从小美的肩膀滑落到大臂，越过胳膊上的静脉，告别骨节分明的手腕，最后摩挲着小美细密的掌心——达可一把抓住小美的手，趋步向小美靠近，像收起了一张帆："我们只是要找两个人！"

小美的眼睛刹那间瞪大了……

宴会结束时，宰相和夫人赠送每位嘉宾一套精美的宝石首饰。另外，夫人为即将成为新娘的庆姑娘，送上了一盒红宝石金头冠和一套中式云锦服装。

第八章

欢 迎 仪 式

（一）

小美的任务完成了。

那天舞蹈结束后，她已经知道她所需要知道的一切。

洪宰相了解情况之后，把这件事装在肚子里，佯装不知，因为不是正规渠道，这也是对达可的保护。同时，国王立刻秘密遣人前往安南战场周围调查驸马和十二王爷的消息，却一无所获。

深夜，在门口廊房过道的条凳上，两位年轻翻译肩并肩靠在一起。终于，事情结束了，再也没有什么隔阂阻挡在二人中间。他们紧紧贴住对方的肩膀，享受这来之不易的温存。

此前，小美根本没有想到达可竟然会如此坦诚。在宫廷里长大，从小就随宰相参加国事外交的她，早就看惯了各种算计。诚然，身居此位，这都是人之常情，这样的世界变幻而且艳丽，也确实教会了小美许多。可在她见得越多，质朴的人性却从眼前逐渐隐去了。

所以，当达可吐露真相的时候，不仅是元朝使团隐瞒的寻人之事让她吃惊，她最吃惊的是，一个饱经世故的商人竟然会如此真诚。这样一个人，在常年战火中来回颠簸，辛苦营生，却仍然赤诚地信仰着"和平"二字。如果说此前他们的交往只是惺惺相惜使他们互相吸引，那么从这一天起，一股深切的敬意自小美心中油然而生。她带着敬意爱上了他纯粹的善良。

小美轻轻拾起达可的手，放在自己的掌间，慢慢抚摸着，她在明知故问："你为什么要告诉我？"

"因为我也害怕。"达可低下头。

"我只是害怕，害怕战火会烧进真腊，我的亲人、我的家都会因此消失。在你们元朝人看来，我们这个小国如同蝼蚁一般。"小美喃喃道。

"我只是想让你知道，我痛恨战争，和你一样，和每一个热爱和平的人都一样。我喜欢真腊，我在这里生活过，我喜欢这里的一切，我最不希望看到的事情就是让战争荼毒这片乐土，我不想你也受到伤害。"

"你说，我们两个国家之间的和平，真的会实现吗？"小美红了脸。

"我真的希望会这样。我的愿望太多了，我希望外交的事务能妥善解决，我希望娜日迈公主能够好伺候一些，我希望我的日记能够让王爷满意，我希望我的翻译水平能有所长进。不过，现在，现在我只想要宁静的时光，就像此刻。"达可抬起眼，只见小美的眼睛里星光闪烁，显得格外动人。

"就像此刻。"小美低声重复道。

（二）

经过近一个月的准备，迎接元朝国家使团的欢迎仪式正式开始了。

清晨，朝霞映红了天空，太阳冉冉升起，使团驿馆广场上已经整齐排列了象队、车队、马队。使团官员按照官级登上了乘骑。

这次，达可坐在王爷的身后，一路上要向王爷介绍各种礼仪。这些礼仪他早已烂熟于心。

早在真腊经商时，类似的场合达可已经见识过了几回。而贵族出身的小美则教会了他把那些照猫画虎的印象变成真本事。达可发现，尊贵不仅仅是仪式，而更像是一种状态。从前的隐隐嫉妒在恋情的教化下完全转化成了爱慕之心，达可欣赏小美出神入化地把心底的自信化为表情、语言、动作和礼仪表现出来，高雅巧妙，不同凡俗，又仰慕她玲珑的气派背后纯洁的真情。这样的真情，连小美自己有时都没有发现。

就在昨天，小美和他还在廊房的过道里一遍遍演习这些烦琐的仪式。如今，狭窄的走廊变成了可以四象并行的大道，他曾在脑海中想象的坐骑正在他们的臀下悠悠前行，喷出有力的鼻息。

西哈亲王的坐骑走在前面，他的大象右侧并排行进的是娜日迈公主所乘的大象，小美坐在和他同一个位置。

驿站外的各种仪式早已准备完毕。当使团乘驾走出驿站大门后，皇家卫队走在前面带路，这是由两百名穿着戎装，骑着战象和战马的武士所组成。跟在使团身后的是近万名手捧礼盒鲜花的宫女。队伍沿着吴哥大街进入王城大道，再踏上护城河大桥，然后从东南门进王宫。国王率文武百官在城门内迎接，各国使节也站在国王身后。使团下乘骑接受迎接，并与国王、百官登上观礼台。

观礼台就设在国王宫广场。进入城门就看到了国王宫，国王宫的宫殿皆面向东，国王宫广场后有金塔、金桥。附近五六里之阔都是国王宫建筑。其正室之瓦是铅色，其余皆是黄色的土瓦。所有建筑物梁柱巨大，雕刻有佛像装饰，颇为壮观。

国王宫广场上观礼台坐北向南，身后是巨大的金塔，正面有十二生肖浮屠。在广场远端整齐、威武雄壮的军人列队完毕，还有数不清的战象、战马，四处旗帜飞扬，战鼓震天。主席台前到军队之间，刚才跟在身后入场的两万宫女手捧礼物，翩翩而入，瞬间全场香气逼人。

　　所有人员进场列队之后，战鼓停，号角起，礼炮开始。

　　迎接仪式由宰相主持，首先介绍使团人员名单，每介绍一个，全场就掀起一阵海啸般的欢呼声。

　　望着台下山呼海啸般的人群，站在国王宫高台之上的达可觉得头晕目眩，颤颤发抖。此时此刻，他真有点不知自己姓甚名谁了，自己是周达观还是顺达可可。他渐渐地觉得自己也飘飘入仙，觉得自己也真神了，因为站在了众神之中。他有点站不住了，不行了，眼睛花了，冒冷汗了，要晕过去了……

　　就在这时他闻到了一股香味，这是一种熟悉的特殊的花香，他想起来了，小美就站在自己身旁左手不到一尺距离，所以，他必须挺住，绝对不可以倒下，因为这一切，仅仅就是虚幻泡影，海市蜃楼，过眼云烟。

　　突然，他感觉到一只手伸过来了，握住了他的手。他知道这是谁的手，虽然小，但却充满了力量和感情。他瞬间找到了感觉，这只手告诉他，一切的归宿，尽在于斯。

　　达可听到了介绍自己的名字时，有一种真心的虚荣，突然被一种飘飘欲仙的感觉裹挟了起来，沉浸在不知所云的幻想中。直到他看到小美小声地向国王介绍着来宾，才发觉自己已经把翻译任务抛到九霄云外了。介绍主宾时，达可也急忙向王爷介绍各位官员。

　　接下来，由亲王唱颂礼单。

　　只见广场上手捧礼物的两万名宫女，每介绍一种礼品，手持这种礼品的宫女就会高举礼品，在原地旋转舞蹈，此时鼓乐声也响起。观礼台上的国王率领百官起立面向使团鼓掌，以示感谢。使团主要成员也会起立鼓掌，表示接受感谢。每一次达可会陪着王爷一起完成这个仪式。

　　在礼盒介绍完毕之后，活物礼品进入会场，引来一阵阵的欢乐。首先跑进来的是一百匹骆驼，脖子上都系了红绸飘带。接下来是两百匹骏马。然后是成群的牛羊。达可记得上船时没有这么多牛羊，肯定是在路上又生了一些。

　　在全部念完礼单之后，所有鼓乐共同奏响欢迎曲。场内两万宫女共同跳起欢快的舞蹈，礼炮又一次响起。

这时，王爷仿佛又听到了震耳欲聋的火炮声，在硝烟下尸横遍野，火刀冲天，他率领士兵冲进城郭，斩杀百姓。

他的内心一阵颤动。突然他的耳边响起"和平"两个字。

所有宫女在翩翩舞动中退场。

国王招手示意，请大元使团、各国使团入内参加宴会。宴会共有五百席。国王、皇后、和顺王爷、娜日迈公主在第一桌。达可和小美坐在国王、王爷身后进行翻译。

餐后，在国王宫金塔广场组织了欢迎演出，上千名宫女在礼花的照耀下载歌载舞。

王爷终于想明白了，铁穆耳要的就是这一效果，四海一家，歌舞升平，他的使命已经完成了。

（三）

欢迎礼仪结束之后，使团主要成员没有回到驿馆住宿，而是住进了国王宫内的宫殿。这是沾了庆姑娘的光。

由于庆姑娘以公主身份嫁给西哈亲王，亲王也居住在国王宫之内，在欢迎仪式七天之后就举行合婚大礼，因为有了亲缘关系，再住宫外边就不合适了，这样，受国王之邀，使团主要成员就以庆姑娘家人的身份，入住国王宫城内的宫殿里，享受王室待遇。

在昨天国王举办的宴会上，发生的一件事，让国王很尴尬。

吃饭中间，国王很客气地对娜日迈公主说："住在这儿就和住在家一样，千万不要客气，有什么困难，有什么事情就提出来，他们办不了，我来帮你办。"

公主说："是吗？那我可就说了。我的驸马去年误入你这儿，结果跑丢了，你能帮我找找吗？他们几个给我算卦圆梦，说是什么离卦，亨、利贞，吉。没有事，说我这个母牛吉祥如意，心想事成。我倒要看看你这卦到底灵不灵，要是不灵，张德谦，你这个官可就到头了。我这个老母牛可不是让你随便这么骂的，对吧，国王亲家？你帮帮我，你这建了这么多浮屠，那句话怎么说的？救人一命胜造七级浮屠。找到了，一切好说。要是找不到，我也要罚你们。"

公主的这一番话，让在场的人顿时坐立不安，无以言对。因为他们都知道驸马爷很可能是回不来了。

虽然小美已经选择了最和缓的词句，国王仍然无言以对，不知所措，面如死灰。

王爷完全没有想到，公主性急之下，竟然会在婚礼之前就把这件事抖搂了出来。按照元朝人的风俗，如果家里出了丧事，是绝对不可以办喜事的。要是驸马有个什么三长两短，那所有的努力都将前功尽弃。公主这样一说，王爷事后只能向宰相如实相告。可是宰相听闻后，王爷发现宰相的眼神并不突然，似乎早有准备。可是无论如何，二人还是迅速达成了共识：这件事得拖到成婚之后再说。

深夜，在国王的宫殿里，和顺王爷、恩立金、张德谦和达可坐在一起。

除了和顺王爷，每个人都心不在焉。张德谦没想到自己帮公主圆个梦还能惹出祸来，而达可想起前几天那点面粉的事，也还是后怕。

这时，和顺王爷平静地说："小事，这事我来处理，和你们没关系，什么圆梦啊，算卦啊，说笑而已。你们都不要往心里去。公主也是急得没办法了才找国王，心情可以理解，这事搁谁谁不急啊？我们现在要同情她，帮助她把后面的事料理好。公主真出了事，我拿你们是问。"

王爷停了一下，接着向众人强调，接下来的几天，要趁这次机会，与各国代表宣扬大元新政，并且借机要好好了解了解这个藏山不露水的真腊。

王爷说，今天所谈论的所有事都要保密，不可对外泄露。

"特别是你，"王爷突然指着达可说，"千万别被那个姑娘迷住了，你和她不是一类人，懂吗？人贵有自知之明。公主找驸马的事是你告诉那女孩的吧？其实我早就看出来了。他们从这件事上确定我们有求于他们，所以放心放我们进来，放心收我们的礼物，无意有意地帮助我们。我们需要他们这样的态度，可你的行事仍然是危险的，好在没有收他们的钱财。以后要注意了，你是使团的重要一员，虽为借官，也是真实算数的，你要好自为之，不要干出亲者痛仇者快的事来。"

达可吓得灵魂出窍，四肢冰凉。

（四）

次日，在国王宫会客室，和顺王爷和使团众人会见各国使者。

会见非常紧凑，东南亚来了十多个国家、部落的使节，他们穿着民族服装，头戴贵重的头冠，手捧礼物，送给王爷。王爷行礼以答谢，并回赠玉如意。王爷为各国的平安祈福，为和平祈愿。

各国使节从大元使团住处出来，又去拜访真腊国王，西哈亲王、宰相和当翻译的小美一起接见他们，双方互敬互赠。

灯下，达可思索回忆，用笔记录着：

"余宿留岁余，见其出者四五。凡出时，诸军马拥其前，旗帜鼓乐踵其后。宫女三五百，花布花髻，手执巨烛，自成一队，虽白日亦点烛。又有宫女皆执内中金银器皿及文饰之具，制度迥别，不知其何为所用。又有宫女，手执标枪、标牌为内兵，又成一队。又有羊车、鹿车、马车，皆以金为饰。其诸臣僚国戚，皆骑象在前，远望红凉伞不计其数。又其次国王之妻及妾滕，或轿或车，或马或象，其销金凉伞何止百余。其后则是国主，立于象上，手持金剑，象之牙亦以金套之。打销金白凉伞凡二十余柄，其伞柄皆金为之。其四围拥簇之象甚多，又有军马护之。若游近处，止用金轿子，皆以宫女抬之。大凡出入，必迎小金塔金佛在其前，观者皆当跪地顶礼，名为三罢。不然，则为貌事者所擒，不虚释也。"

（五）

在夕阳光晖的照耀下，护城河水静静地流淌着，宽阔的河面上，建筑了一座宏伟的大桥。这是进入城门的必经之路，是通衢大桥。这座桥的美丽之处在于精美的石雕艺术造像。桥两旁共有五十四座石神，如同五十四位将军，手握蛇神，镇守着城门和大桥，守卫着吴哥城池的平安。这座桥的石栏用石头精心制作而成，石栏杆凿为蛇的形状。蛇都有九个头，代表生生不息。城门之上有巨大的石头雕制的大型四面佛像，在进门处的两旁，是两座巨大的战象，守护着城门。城门是用巨石叠制而成，高达二丈，坚固无比。

早些时候，和顺王爷在达可和小美的陪同下，坐上马车去城外散步。真腊国专用于接待外宾用的马车非常精美，所有木制扶手部分都用金片包裹着，座椅上铺有刺绣的毯子，车上盖有遮伞，一匹白马驾着车，小跑在沙石路上，沐浴在晚霞之中。

现在，马车停下来，三人下车沿着大桥回望大吴哥城。

这座城池周围可达二十里，共有五座城门。南、北、西向各开一座门，东向开两座门。

达可抬头看去，城墙上的叠石非常整齐，没有一根杂草。城墙上面间或种了桄榔木，相隔不远就有门卫把守。城墙上有守护卫兵住宿的石房屋，城墙宽约十丈，呈坡形，坡上还有大门，供人出入。

小美带着王爷、达可上马车，重新进入城门。大家看到，正对着城中有一座精美的金塔，金塔旁边坐落了二十余座石塔，周围有百余间石屋。

王爷赞叹不已。

王爷知道，真腊组织大型活动主要在这里，石屋石塔可供人休息，避雷雨，挡暑热。在石屋东侧有金桥一座，桥两端是两枚金狮子。在石屋下面，建有金佛八座立于两侧。在中央金塔北方一里左右的地方，有一座铜塔，高于金塔，可遥望金塔。围绕铜塔也建有数十间石屋。再往后一里，就是国王宫的主要建筑，使团就下榻在那里。国王宫也建有金塔一座。在夕阳的照射下，这些建筑放射出金色的光芒。

小美自豪地说："所有来过此地的人，都说这里是富贵真腊。"

最后，马车又回到了城中央的金塔。只见金塔周围，灯光通明，有许多宫女手持灯笼走来走去。

小美介绍说："这个金塔有个天大的秘密，想听吗？"

王爷说："小美姑娘还敢泄露秘密，说来听听。"

小美笑道："传说这座金塔里，有一个九头蛇精，她是塔的主人，也是国家的主人。九头蛇精是女身，国王每天晚上先到塔里陪九头蛇精睡觉。在和九头蛇精同寝之后，也就是二更鼓敲响的时候，国王才能出来，离开这里，回家和妻妾同寝。如果国王一夜不来见九头蛇精，国王的死期就到了。一夜不来，国王就会有大的灾祸。你说这是不是秘密呀？"

王爷笑着说："的确是秘密，而且是天大的秘密。"

回到住处，已经天黑了，但城里各处灯火通明，如同白昼。

（六）

使团住进王宫之后，洪宰相和女儿小美也陪着住了进来。早餐比较随便，而中餐大家就围坐在一起，享受精美的真腊国宴。

由于要一道道上菜，在上菜间隙，和顺王爷对娜日迈公主讲了九头蛇精的故事。

然而，小美只向王爷"泄露"了故事的一半。

洪宰相补充道："传说九头蛇精是国家土地的主人。蛇精既是土地神，又掌管着雨水和灌溉。国家繁荣，土地肥沃和收成以及雨水，这一切都是九头蛇精决定的。所以我们供奉的神像，也就是林伽，他也是蛇的形象。传说蛇精救了如来佛，蛇精向佛祖学习佛教，追随佛祖。有一次，佛祖在大海里遇到了惊涛骇浪，蛇精就让佛祖抱着她，把他救了出来。佛祖很感动，就让蛇精盘起来，作为他的坐垫，跟着他一起来学习佛法。所以和蛇精相伴，就是和成功、和幸福在一起。"

公主听完说："听明白了，还是在给我圆梦，因为我抱着大蟒蛇睡了一觉，就是不知道这个大蟒蛇，是不是真正的九头蛇精。要是的话，那我才能有福气。张德谦啊，他们的故事和你圆的梦差不离，就看最后的结果了。"

听公主这样说，大家都不敢再吭声了。

第九章

真腊四宝

（一）

早餐之后，娜日迈公主带着姑娘们离开，回屋准备庆姑娘出嫁的事。

王爷抓住机会，要宰相好好介绍介绍他们的国家。

宰相微微一笑："要认识真腊的历史文化，概括起来有四宝：第一，我们的国土和家庭是女人的；第二，文化和宗教是外来的；第三，历史和城市是英雄的；第四，灵魂和处世是微笑的。"

正说到这儿，有人急急忙忙进来说国王要见宰相。见状，小美笑着说："我来讲，我来讲，他那一套我听了无数次了。"

达可早就知道小美博学，可是今天他才明白小美的博学是出于热爱。

翻译也好，语言也罢，达可本来只是把这些事情当作工具而已，可小美却深爱着后面的文化土壤。当她侃侃而谈的时候，眼中闪着晶莹的光彩，就像是一位母亲注视着怀中可爱的孩子。她的恋人见此情景，心中怎能不动情？

小美说："他这四条，让我来讲就是四个故事：女人的故事、林伽的故事、英雄的故事、微笑的故事。"

"昨天我讲了蛇精的故事，就是父亲说的，这个国家的国土和家庭是女人的。如果大家觉得蛇精还算不上女人的话，接下来的故事就更清楚了。

"真腊历史上最早出现的第一个古代国家叫作扶南，后被真腊取代。据说扶南国在太阳以南大海西岸，有位女王叫柳叶。有一位激国人混填，梦中神赐予他神弓一张，教他乘舶入海。混填第二天早上起来，在神庙树下挖出来神弓，立即乘舶出海来到扶南海面。这时有人警示女王柳叶有敌舶入侵。柳叶带人乘船迎战。结果混填用神弓一箭射穿了柳叶的船，柳叶见状就投降了混填，并嫁给了他。但是扶南的土地是柳叶的，一切家庭的事，也由柳叶来管，直至今日。"

（二）

小美站在一座山顶，在阳光的映衬下，她身披金光，对着波光粼粼的美丽湖面和一个个巨大的林伽神像，给元朝的客人讲述了林伽的故事：

"说起林伽，首先要从湿婆谈起。湿婆神在三大神中最接地气。他既善良又可怕，既冷漠又热情，既是智慧的象征也是愚昧者的偶像，既是破坏者也是创造者，既是理想的精力旺盛的家庭男子又是清心寡欲的苦行僧。他面对恶魔时大开杀戒，但他亦是恶魔及幽魂之主。他不喜欢宫殿，偏爱独自一人在荒野和山岳之间游逛。他熟悉各种草木的药性，会为人和动物治疗疾病，所以人们开始称呼他为'湿婆'，就是仁慈和吉祥。湿婆带来的毁灭，实际上意味着重振和新生。湿婆心地单纯，容易生气同时也容易心软。他脾气高傲痛恨受到违逆，对于背叛自己的人，他会愤怒地践踏他们的头颅。虽然是破坏巨神，但是湿婆的象征却是寓意丰饶生殖力的林伽。湿婆痛恨一切错误，就是他自己的父亲梵天也不可以。传说，梵天由于受到迷惑，要娶自己的女儿莎维德丽，莎维德丽向湿婆哭诉自己的遭遇。湿婆找到梵天，劝说他放弃这种不道德的迷恋，重拾自己创世主的职责。梵天一个字都听不进去，还辱骂湿婆吃了熊心豹子胆。湿婆立即勃然大怒，他额上的第三只眼里喷出火焰，烧掉了梵天那最夸张的朝天长的面孔，使梵天恢复了理智，放弃了自己的错误想法。但是，他也宣布湿婆犯下了杀害婆罗门的罪行，把湿婆打入人间。湿婆从此以苦行者的形象流落在人间，有时候化装成乞丐，就在供奉自己的神庙前行乞。有时候化装成地位低贱的猎人，在山林中畅游。当夜幕降临的时候，他和追随他的那些形体骇人、奇形怪状的魔神和精灵来到火葬场，把骷髅和蛇作为自己的装饰，将骨灰抹在自己身上，以此来探讨生存和死亡的界限，思索轮回和毁灭的意义。

"林伽就是湿婆神的一个化身，象征着力量和男人，而水则象征着优尼和女人，因此在印度教中就形成了一种山水格局的布局。须弥山就代表林伽，而恒河就代表了优尼，须弥山是巍峨挺拔的，河水是长流不息的，这就象征了人和国家的生存。

"为什么林伽如此重要呢？这就和英雄的故事有关了，这个英雄就是我们的'成吉思汗'——阇耶跋摩二世。在大约六百年前，真腊被爪哇分裂为陆真腊和水真腊两个部分。水真腊的王子被带到爪哇去当人质。在爪哇婆罗浮屠举行开光仪式的时候，王子受到极大的震撼，他发誓要学习这种方法去建设自己的国家，有朝一日也要建起自己的浮屠。爪哇有大量的婆罗门教的图像，王子就从中学习和领悟治国的方法。

"真腊分裂九十多年后，王子终于回到了水真腊，又过了十，就在我们现在站立的地方，王子宣布用政教合一的方法治国，以婆罗门教为国教，以湿婆神为主神，自己是国王，又是湿婆化身的大主教。到了王子去世的时候，水陆真腊统一成为一个国家。这个王子就是阇耶跋摩二世。当时，阇耶跋摩二世就选择在这里宣誓建立一个新的有理想有抱负的国家，建立了如同我们面前库伦山和洞里萨湖的这种山水格局。但是阇耶跋摩二世并没有修建自己的浮屠，他只修建了具有象征意义的林伽。"

大家听到这里，都赞叹小美介绍得好。

在返回途中，和顺王爷不禁想到，看来各个民族在发展过程中有着类似的经历，每一个民族的文化都离不开英雄史诗和生存智慧，只是表现的方式不同罢了。

（三）

从洞里萨湖的库伦山回来，小美带王爷一行人来到了鲁班墓（今吴哥窟）。

和顺王爷登上鲁班墓最高寺庙建筑顶端，举目望去，只见一道明亮如镜的长方形护城河，围绕着满是郁郁葱葱树木的绿洲，绿洲由一道高大的寺庙围墙环绕，绿洲正中坐落着吴哥寺的印度教式的须弥山金字坛。

鲁班墓坐西面东，一道由正西往正东的长堤，横穿护城河，直通寺庙围墙的西大门，一入西大门，穿过翠绿的草地，才能直达寺庙的西大门。

众人站在金字塔式的寺庙的最高层，可见到耸立着的五座宝塔，如五点梅花布局，其中四个宝塔较小，排在四隅，一个大宝塔巍然耸立正中。五塔之间间距宽阔，宝塔与宝塔之间有回廊连接。这里的台阶陡峭，需手脚并用才能爬上去，而恰恰是这种攀登方式，形成了一种独特的宗教仪式感，凸显了寺庙的神圣和庄严。

一段攀爬之后，和顺王爷喘着粗气问小美："你说这个寺庙是为毗湿奴神建的，我想问一下毗湿奴神和湿婆神有什么区别呢？"

小美想了一下说："毗湿奴是保护之神，又叫护持神，在三大神中，他实际的力量和地位都是最高的。他是光明、仁慈和善良的化身，包含有无所不在遍及一切的意思。和梵天、湿婆一样，毗湿奴是自我存在的。最早，他是一个年轻的太阳神，但是后来不断建立丰功伟绩，最终超越了因陀罗的地位，成为宇宙之神。毗湿奴是个外表美丽的青年王子，他的妻子也很美丽，他有十大化身，是众神忠实的伙伴和保护者，在湿婆和妖魔的关系不清不楚的时候，只有他永远站在众神一边。"

和顺王爷笑着说："那我能不能理解湿婆是个苦行僧，拼命地干活，更多是和老百姓在一起。而毗湿奴是一个美丽漂亮的王子，他更多是和神仙在一起。"

王爷说完，大家都笑了。

在返回吴哥城的城门时，小美让车队停了下来，让大家面对着城门上巨大的四面佛像，解说道：

"现在还剩下最后一个故事——笑的故事。请看我们面前的这尊四面佛像，这尊佛像的造型，取材于真腊伟大的阇耶跋摩七世。与前面的国王不同，他信奉佛教而不是婆罗门教。他前后三次让出国王不做，直到他六十岁的时候，占城军队进攻我们，攻占了吴哥，他才在众人拥戴下登上王位，率领国人，经过四年艰苦卓绝的战斗，打败了敌人，夺回了吴哥。他又率领人民重建吴哥，修建了全国四通八达的道路，两百多所医院，村村建了寺庙，他的慈祥和功德如同佛教中的大慈大悲的观世音菩萨。所以，我们在这座新建的吴哥城中，一共建了五十四个四面佛像和五十四座高塔，这些四面佛像的形象全都是老国王本人头戴观音帽的笑容，被称为'吴哥的微笑'，代表全国百姓对他的崇高的敬意和永远的纪念。这就是我父亲所说的'真腊四宝'的故事。我的介绍就到此结束了，讲得不好，敬希理解。"

王爷率领众人鼓掌致谢，交口称赞。

王爷回到宫中之后，突然非常羡慕真腊的这位宰相，他竟然有一个如此美丽动人而又才华出众的女儿，按照她今天的表现，当个辅政大臣也是可以的，谁说女子不如男？接着他又想到，湿婆、毗湿奴、观音，阇耶跋摩二世、苏利耶跋摩二世、阇耶跋摩七世、铁木真、忽必烈……人神共渡，中间似乎是有一种联系，这一切，是否应该惠及芸芸众生呢？这使他进一步理解了铁穆耳现在的心境，有那个吴哥的微笑，也应该有来自元朝的微笑，这的确是他此行的使命，就是走到哪儿都要笑一笑，想到这儿，他不自觉地哈哈一笑。

"笑什么呢？"洪宰相正巧进来，被王爷的笑声吓了一跳。

"笑你有一个好女儿啊。"

晚上，达可给王爷呈览日记的时候，他不由自主地说了一句："你要是不好好学习，就更配不上人家了。"

达可一愣，傻笑了一声，心里阻滞许久的忐忑涣然冰释，口中却不知道说什么好。

有些事情是不是自己想得过于复杂了，他其实还是很喜欢这一对年轻人的，君子有好生之德，当成人之美，王爷又想。

（四）

当使团在王宫里参观和侃侃而谈的时候，真腊和占城边境附近的一座山寨里，正在举办着一场盛大的婚礼。

一年前，在真腊与元朝军队的边境交战之后，过了两天，附近一个山寨的女寨主带着一队人马前来打扫战场，希望能够找到一些双方军队遗失的武器物品。结果，在一个树洞里竟然抓到了一个元朝士兵。一名女兵把此人从洞口里一把拉了出来，只见这个人浑身沾满了灰尘和鲜血，满头满脸都是泥垢血迹，被抓出来后，也不敢抬头，只是磕头如捣蒜一般地求饶。她们就把这个人抓回山寨审问。

这个士兵说他是被抓到军队当兵的，他从不使用武器，从没杀过一个人，因为他不会武艺，每次打仗，他都先藏起来，到打完了再出来。这次他们战败了，死的死，跑的跑，他藏在树洞里已经几天了，幸亏寨主来才救了他，不然他一个人在大山里，不是饿死，就是被动物吃掉。

女寨主问："你不打仗，你在军队里做什么呢？"

他回答："搞点抄抄写写的文书工作。"

这个寨子由于靠近安南，所以女寨主也学过一点汉字，喜欢汉文化，就让这个俘虏写写看。

这个俘虏说，自己蓬头垢面，写出来的字也不会好看。

女寨主走过来把他带到一个水边，让他跳进池子里冲洗干净。

当女寨主看着他从水中冒起来，满脸污垢被水冲走之后，不仅目瞪口呆，自己先红了脸，因为她还从来没有见过这么英俊帅气的男人。

她马上让人找来一套干净整洁的男装，让这个俘虏穿戴上，并立即安排下面做了一席好饭菜。女寨主亲自坐在一旁看着他吃，并不时为他夹菜倒酒。酒足饭饱之后，把他带进内室，在自己的案台上，让他抄写些唐诗宋词。不写便罢，写来一看，真是字字珠玑，灿若星辰，她从未见过如此漂亮的一手好字。女寨主又询问，了解到他姓赵名天俊。她一想，宋朝皇帝也姓赵，怕是皇室后裔，落难至此，自己何等有幸，得一郎君。当场宣布，赵君为本寨师爷，留在自己身边侍候。

一年多来，两人出入成双成对，闲时赵先生教授她学习琴棋书画诗歌六艺，寨子里的大小事宜也一并交由赵师爷处理，所办之差无不尽善尽美，从无差池。

女寨主虽是山野之人，但也是天生丽质，毫无宫廷脂粉俗气，对赵天俊又有救命之恩。他过去随军队到处征伐，不得安宁，早就想逃离虎穴，潜入深山，过上陶渊明笔下的桃花源生活。于是，两人情投意合，最终在一个夜晚喜结连理，遁入深山。

（五）

十二王爷也没有死，不过他可不像驸马那么幸运，已是残疾人了。

和驸马不同，十二王爷从小习武，身体强健，武艺高超，转战南北，所向披靡，攻城略地，屡建战功，小小年纪，就已经是将军。这一次他和驸马一起来到占城，都是抱定攻下几个国家、然后被皇帝封王的目标。进犯真腊就是他的主意，也是他亲率三千兵马发起了进攻。但是，他还是轻敌了，这里的地形、气候、植被他根本没接触过，对自己的对手更是完全不了解。

进入这片森林，瘴气冉冉，气象无常。对方利用浓雾做掩护，然后依托地形使他的士兵和战马分开。穿着厚厚铠甲的勇士无法在炎热的天气翻山越岭，等到他的士兵累得喘不过气来的时候，敌人在森林各个角落发射暗器。他就是被暗器射中之后，掉落悬崖，又跌入谷底山涧。他的右腿摔断了，在山涧拼命挣扎，最后是如何躺在这张床上的，自己也完全不知道。

他只知道自己现在已经置身在一座寺庙里，每天有一位小和尚来给他送饭，另外一位老和尚会来看看他的伤口。他不知道，这个和尚是什么时候用什么办法把他截肢了。他听不懂他们的语言，所以自己也用不着说话。他从僧人的目光中，感觉到了一种佛性。同时，他明白，这些餐食也是他们化缘回来的，而不是自己做的。

他感到万念俱灰。

第十章

结亲成婚

（一）

为了迎接翌日庆格尔泰的婚礼盛典，使团全体人员在下午提前从王宫返回了驿馆。

明天的仪式是按照真腊国家礼仪并参考蒙古族礼仪进行的。娘家设在驿馆，新郎需要前往驿馆来迎娶，并有一个抢亲仪式，所以，娘家人都须先回到驿馆进行准备。

庆格尔泰是娜日迈公主从小带大的。庆格尔泰的父母也是黄金家族的成员，而且是娜日迈公主的亲戚，在西征的道路上战死了。从一岁开始，庆格尔泰就在娜日迈公主的怀抱里长大。公主自己没有孩子，所以对庆格尔泰非常用心，而且还让她练就了一身武艺。公主常常对她说："练就一身武艺不是为了保护我，我还用得着你保护吗？你要学会保护自己。"

长大后，庆格尔泰一直跟在娜日迈公主身边，她原本也是要嫁给一个王爷的。把庆格尔泰嫁到真腊，公主心里舍不得，这段时间心情一直不好，特别是明天就要嫁过去了，公主更是难过。

所以达可提前安排了一个庆祝仪式，今天晚上是以公主的名义为庆格尔泰送行。

这是吴哥城最好的一家华族餐馆，它是宰相夫人的家族开的，所以，小美今天也专门过来安排。

餐馆装饰一新，从里到外张灯结彩，挂满了中文的"囍"字、灯笼、同心结，除了参加活动的人员，不接待其他任何人。

月亮升起的时候，十余辆马车在餐馆门前停下来，响起了一阵清脆的爆竹声，随后，乐队奏起了悦耳的欢迎曲。踏着红地毯，庆格尔泰搀扶着娜日迈公主，在和顺王爷、恩立金、张德谦、乌海、阔尔罕等人的陪伴下步入宴会厅。今天还邀请了宰相一家参加宴会。

达可如同在船上一样，用各种彩布将喜宴现场布置成圆形的蒙古包，桌椅板凳撤掉，换上坐垫和矮桌。

餐馆准备了最好的菜肴。张公公带着元朝宫廷御膳房的厨师按照国内的风俗，精心制作了烤全羊等风味菜。小美还安排了鹿、野牛、鸡、鸭、獐、麂子以及各种鱼、虾等，足足有近百个菜。

达可还在唐人街买了多种酒，餐馆也酿制了多种水果饮料。看到这些隆重的盛宴安排，娜日迈公主终于露出了难得的笑容。宾客入席之后，乐队奏起了悠扬的草原歌曲。

今天第一个仪程是认亲：只见庆格尔泰身着一身蒙古公主的盛装，从座位上站起来，走到娜日迈公主面前，跪倒在地，三拜九叩，高声呼喊"母亲大人金安万福"！

娜日迈公主含着热泪应答，把庆格尔泰扶起入座。达可从来没有见过娜日迈公主有如此慈祥的目光。

第二个仪程是谢仪：只见庆格尔泰公主再次起身，向娜日迈公主敬献哈达。

第三个仪程是贺词：所有人员共同起身，恭祝双方喜结母女。

第四个仪程是祈福：恩立金代表大元皇帝铁穆耳为娜日迈公主和庆格尔泰公主祈福。

第五个仪程是敬天：所有人再次起立，共同感谢致敬长生天，共同感谢大元皇帝。

第六个仪程是互赠：娜日迈公主和庆格尔泰互相赠送礼品。

接下来，使团的每一个人都向娜日迈公主和庆格尔泰公主赠送了礼物。达可送给庆格尔泰的礼物是一个日常生活真腊话和汉语的口语音译对照表，小美送给庆格尔泰的礼品是一张吴哥的地图，都是他们自己制作的。从明天开始，庆王妃与小美就是婶侄关系了。

庆格尔泰也给达可准备了一个礼物，这是一个用绸缎制作的精美的口袋，袋子的图案是长生天的祝福。达可打开袋子，里面装着的是一把马鞭。

由于第二天还有大活动，这顿丰盛的晚宴很快就结束了。

深夜，达可、小美和庆格尔泰相遇在后院，明亮的月光下，院子深处不时传来蛙叫虫鸣。明天，小美和庆格尔泰将成为亲人，对于小美来说，庆格尔泰既是亲王妃又是她的表婶，人与人之间的关系真是变化无常。

庆格尔泰问："你们俩呢，什么时候？"

小美："你是下御旨吗？从明天起，我是叫你亲王妃，还是表婶？"

庆格尔泰的笑容让大家的心都化了："随你喜欢。"

虽说这是场联姻，可庆姑娘看来却真的获得了爱情的幸福。这个西哈亲王虽然看着不正经，但或许也有些可取之处呢，至少对庆姑娘是一片真心。

（二）

清晨，太阳刚刚升起，西哈亲王就带着十几个宫女和官员前来驿馆"抢亲"。这是双方协商好的游戏，显示出真腊对迎娶庆格尔泰的诚意及对元朝抢亲风俗的高度重视。

说是抢亲，其实和小孩子玩捉迷藏游戏也差不离。

只见西哈亲王骑着一匹小矮马，身后跟着一干人嘻嘻哈哈地冲进驿馆，直奔娜日迈公主住的木楼，挨个儿房间查找。娜日迈公主和和顺王爷及使团所有人都从房子里出来，站在院子里看热闹。他们找了一圈也没有找到庆格尔泰公主，西哈亲王在屋子里碰见小美，小美给他指了指驿馆服务人员住处，他马上带人从衣橱里找到庆格尔泰，然后把她牵出门外。一个官员牵来小马，西哈亲王把新娘扶上马，自己也爬上马，没想到压得小马一下子趴在地上，大家笑得东倒西歪。亲王自己从马上下来，牵着小马走到门口。

霎时，鼓乐齐鸣，鞭炮震天，驿馆门外已经站满了迎亲的队伍。只见上百匹大象，几百驾马车，手拿礼物、仪仗的宫女排列整齐，路上站满了观望共庆的百姓。整条路早已用彩带、彩旗和灯笼装饰起来，这是真腊第一次迎娶来自中华大地的公主，而这在周边国家都是没有过的大事情，所以今天到今后七天，普天同庆，全国过节，天下大赦。

迎亲队伍进入鲁班墓大庙，无数僧侣早已就位，钟鼓齐鸣，锣鼓喧天，一对新人从大象上下来，在大元使团和真腊王室的陪伴下，从红地毯上步入庙堂中央，用真腊国教仪式举行婚礼。

达可和小美并排站在队伍里，达可认真观看着，他晚上回去还要写日记。他发现，婚礼仪式是传统国教和佛教同时举行，交互使用。

第一步：为新人象征性地剪去头发。只见阿伽请来一男一女两位歌舞者，代表下凡的神仙，唱着跳着进入仪式场地。

阿伽介绍说："这是天神派来参加活动的使者，天神让自己的手下带着一些香水、剪刀和梳子下凡，让手下带回一些他们两人的头发，同时，赐给新人好运。"

新人在被剪头发时，始终保持着在庙里虔诚敬佛时的姿势，双手合十，西哈亲王跪拜在地。

第二步：剪去头发后，成百上千的和尚开始念经。在诵经结束后，和尚们整齐地起立离开位置，去另外的食堂享用今天婚礼提供的餐食。

第三步：送走和尚之后，阿伽们坐在和尚之前的位置上，阿伽给祖先和地域神等神灵献祭食物，并与众人一起为新人手腕套上红绳。

阿伽会先把红绳拿在手里，往外晃七圈，再往内晃十九圈，往外晃是让不好的事情出去，往内则是让好的东西进来。十九代表人体内灵魂数目，七则代表不好的意思。阿伽诵道："让坏的东西都走吧，跟着我们的祖先和神灵，不要停留在新人们的身体里。让他们带走所有不好的。"最后，阿伽再给祖先、各种自然界的神灵等献祭食物，并把一些食物抛撒到外面。

隆重的婚礼仪式结束后，新人和使团一起前往王宫，晋见国王、太后和皇室，并得到赐福，真腊太后和娜日迈公主端坐在宝榻正中，国王、皇后等王室成员在左边，使团在右边，其他百官和各国使节在后面，共同见证这历史性的一刻。

王室礼仪结束后，在国王的引领下进入宴会宫，举行盛大的国宴。

国宴结束之后，在金塔前组织礼花和歌舞表演。同时，在吴歌城内，进行全城灯花节和灯笼节，连续七天庆祝真腊与大元结亲。

当晚，使团人员回到国王宫内住宿。此后的七天，他们享受着国亲的优厚待遇，每一天由国王、太后、亲王、宰相等轮番登场，设宴庆祝。

这一场意外的婚礼，把此次预期的外事活动推向了一个预料之外的高度，这使得和顺王爷特别开心。

除了新娘、新郎之外，达可和小美也成为众人瞩目的焦点。两人陪伴在新郎和新娘身边，周旋在国王与太后身边，翻译着无数相似的祝福，荡漾着相同的笑容，俊男靓女，才貌双全，又有人传这位元朝五品官员有可能是宰相的乘龙快婿，将成为真腊与大元之间亲上加亲的又一段佳话。

（三）

隆重而喜庆的一天终于忙完了，新郎、新娘回到了寝宫，用豪华大理石装饰的浴室极尽奢华，新郎和新娘双双步入浴池泡凉水，冲凉。庆王妃靠在西哈亲王的怀抱里，闭着眼睛，享受着一天忙碌下来的清闲，她实在是太累了。

"和你商量件事。"庆王妃没有睁眼，静静地说。

"你会说真腊话？"西哈亲王惊讶极了。

"刚刚学习了几句，都是达可和小美教的。"

"你学得很快啊，都能对话了。"

"是啊，不然的话，哪一天被你卖了也不知道。"

"这是什么话？我爱还爱不够呢。以后，任何事情都听你的，你想怎么样就怎么样。"

"就按你说的。不许反悔。"

"不会反悔，用你们的话说叫作'一言既出，驷马难追'。"

"那我告诉你一件事，七天庆典搞完后，我先回到母亲身边，等她回去的时候，我再回来，可以吗？"

"为什么？有什么事要办吗？"

"是这样的，首先，我不是真正的公主，她认了我当女儿，才能有今天的幸福，所以我必须报答她。第二，她现在年龄大了，身体也有病，平时都是我照顾得多，新人也不熟悉，所以她没离开真腊前最好由我来照顾，这对两国友谊有好处。第三，她这次来是找驸马的，可驸马还没找到，我看看有什么办法能够帮助她尽快如愿。你同意吗？"

"你想得很周到，我同意。我干脆也陪你去驿馆住吧。"

"我过去是当女官，服侍她，你过去我怎么干活？"

（四）

人累了，神经绷得紧，就容易做梦。

这一天，看着庆格尔泰盛大的婚礼，娜日迈公主是既紧张，又高兴，进入梦乡后，她很快就梦到了驸马。

一双白皙的手，把红盖布缓缓揭开，他的眼睛中满是震惊和迷茫。她尝到了幸福的滋味……

她还梦到他上了战场，金戈铁马，梦到了他的归来、他九死一生的旅途，梦到了他们从此长相厮守……

她从梦中惊醒，坐起来，往事一幕幕浮现：他本不想出征南下，是她逼他征南。他一个大男人，一点雄心都没有，不出征怎么能当王？这一次是她逼他出去建功立业的。他怕死，说自己是个动笔杆子的，打不了仗。自己跟他说了："你不用舞刀弄枪，打仗时候你躲在后头，打胜了出来，打败了就一直藏下去，等敌人走了你再出来。你不杀人，谁会杀你呢？越会武艺才会死得越快，所以，你永远死不了。"

都是自己，一手将他推上了战场。如今，他真的生死未卜。娜日迈公主越想越后悔。

（五）

在山寨中的卧室里，还是这轮残缺的月亮从窗外照进来，香风吹来，令人心醉。

女寨主山花问道："你又写了一首诗？快读来听听。"

赵天俊读道：

　　　　山麓百战场，

鸟卤菩提树。

况复忧绪中，

万古堆愁雾。

草根不择地，

于此多意具。

婆娑似云渺，

明月掣未去。

冷雨沾濡之，

对我泣如诉。

忘忧且漫说，

相对清泪雨。

山花："你们这些读书人，就是多愁善感。打一仗吧，又没伤着，还掉什么眼泪，没出息！告诉你一件喜事吧。"

赵天俊："什么喜事啊？"

山花："想听不想听啊？不想听我不说了。"

赵天俊："想听，哪有不想听之理，你都说喜事了，我焉有不想听喜事之理？说来听听，多大之喜？"

山花："你当爹了！"

十二王爷的脚伤基本上痊愈了，这一天，他终于下了床，扶墙走到了门口。

门口的墙角放了两根拐杖，他知道这是为他准备的。他拄着拐杖走到外面，想搞清楚这座庙的情况。

这是一座三进院的庙宇。前两进院供奉着佛像，后院是僧人食宿的地方。这里有八个和尚和四个阿伽。中院大殿每天会有孩子们来上课，学习文化和修行。和尚负责教授课程，而阿伽则负责做法事，处理周围百姓人家婚丧嫁娶的事宜。他们供的神像很杂，有神有佛还有人。修行的人比较杂，有和尚，有阿伽，还有孩子。

看着这些慈眉善目的僧人，看着这些天真无邪的孩子，看着肢体不全等待喂食的伤残人，他突然一阵恐惧。

他有点眩晕，我是谁？我怎么来到这里了？我为什么还活着？多少天来，直至走出这房间之前，他还有一股子怨气，他们不应该锯掉他那条腿，他们给他吃太差了，他一定要杀了所有的人，他一直是这样对待这个世界的。

然而，此时他突然感到自己非常渺小，非常懦弱，非常卑鄙，非常无耻，非常罪恶深重……这一切都是他自己找的，谁让他到这里来了？他曾经住在华美的宫殿里，吃最好的、穿最好的、用最好的，什么都不缺，还有无数人在供养他，他为什么要过来杀人放火，征伐掠夺？就因为他的脑子里都是"称王、称王、称王""称霸、称霸、称霸"，以致今天成了这个样子。

他应该怎么继续活下去，他还要做一个什么样的人……他的脑子里突然出现了八个字：放下屠刀，立地成佛。

想通了，他突然觉得肚子饿了，想吃东西，想喝水。为什么还要等别人来喂养？为了继续活下去，他什么都能做，包括乞讨。想到这儿，他恍恍惚惚地走出了庙门，走向他应该去的地方。

第十一章

伏虎罗汉

（一）

新郎西哈亲王和新娘庆格尔泰来到娜日迈公主寝宫。

看着庆格尔泰恢复了原来的一身装扮，娜日迈公主十分惊讶："你怎么又穿回原来的衣裳了，这是什么意思？"

"我们俩商量了，在您离开真腊之前，我还在你身边陪着你，你高兴吗？母亲大人！"庆格尔泰真诚地说。

娜日迈公主望向西哈亲王，亲王笑着点头，她又看向庆格尔泰，眼睛里流出了泪水："算你还有良心。"

在使团驻地，几个人围坐在和顺王爷身旁。

"驸马的事儿怎么办？什么时候和公主说？"恩立金问和顺王爷。

"真腊人邀请我们这两天过他们的压猎节，等过完节再说吧。"和顺王爷说。

　　早餐后，大家围坐在和顺王爷身旁，听达可给大家介绍压猎节的风俗。

　　达可："还有三天就到九月了，真腊有一个压猎节。名义是压猎，实际上是检验军事训练和国家防卫，到时会在王宫里组织阅兵，各国使节都会来。"

　　王爷："今年会怎么搞呢？"

　　正在这时，西哈亲王和宰相、小美也进来了，说是研究一下压猎节的安排。正好大家都在，就一起商量。

　　洪宰相："国王对今年的压猎节非常看重，也非常看好。他说，今年大元使团万里跨海而来，亘古未有，开天辟地。本周又恰逢亲王和庆格尔泰公主喜结连理，本朝实属天佑，举国欢庆之时，压猎节要借天威，显神力，弘古猎，传万载，保昌运，佑万民，所以，不仅要大办，更要办出前所未有的水平。为此，我和西哈亲王商议，做如下安排。我今天嗓子有点累，让小美来讲。"

　　小美见父亲的声音沙哑了起来，就体贴地接过话头：

　　"本次压猎节定于九月一日上午十点在王宫金塔前广场举办，共分三个部分——

　　第一部分：民众压猎。

　　有三个内容：

　　一是国王受阅。共分二十兵阵。

　　二是民众武术拳术表演。

　　三是皇室、贵宾射猎表演。皇室和各代表团各出三人，进行垛靶竞技。由于国王亲自参加，本节目放在最后。

　　第二部分：军士压猎。

　　也有三项：

　　一是大元天朝神兵天骏竞骑。

　　二是大元天朝公主神鞭猎狐，这项由庆格尔泰王妃表演。

　　三是真腊阿伽表演偷天换日。

第三部分：也是本次压猎节的压猎，此项为天朝大元武士与真腊第一英雄同场竞技。竞技内容包括——

较力：举重物。

赛箭：空中飞鸟。

猎术：赤手战猛兽。此项可准备两人，其中一名作为预备机动人员。真腊英雄准备战熊，不知贵方英雄想要打什么？"

乌海："那我来打一个狮子吧！另外，本朝不需要什么预备第二人，这也没什么第二人。"

小美甜甜一笑："太好了。国王御旨，本次压猎奖天下大英雄一人。我宣布完毕，请大家商议。"

洪宰相说："请大元提出意见。"

王爷看看大家说："你们还有什么不同意的？"

乌海、阔尔罕都说没什么意见。

小美："最后一项请务必报一个预备人选。"

王爷看着乌海。

乌海："那看你的面子，就报一个吧……就他吧。"只见他用手随便指了一人，那人正是达可。

达可打狮子，怎么可能呢？

"不行！"小美脸都紫了。

一时，众人的目光都看向了她。

"这怎么行？打狮子可不是开玩笑，没有经过专业训练，有可能会出人命的！"

达可倒是哈哈一笑，打起了圆场："怕什么，报吧。在我前面的可是乌大人哪。有乌大人的实力在，能出啥事？"

事情就这样决定了。

会谈结束后，小美回头就揪住达可："你逞什么强啊？知不知道我会有多担心？"

达可捏捏小美的手打了个哈哈，心里却着实慌张起来。刚才一时嘴快，话是说下来了，可接下来要怎么办呢？

虽然，以乌海大将军的实力，他基本不用担心会轮到自己上场。可是小心驶得万年船，还是要有所准备好，可是自己一个平时从不习武的人，要怎么准备呢……

"喂，你又在打什么主意啊？"小美看着达可笑着笑着又莫名其妙出神了，心里又急又恼。虽然多年的外交翻译经验让小美早就练就了一副掩声藏色之道，可最近，藏起情绪重新变成了一件困难的事儿，看着达可吊儿郎当的样子，她怎么能不担心？

（二）

真腊压猎节隆重开幕了。

从清晨起，人们就从四方八方拥入吴哥，进入国王宫广场。

今年的压猎节与众不同，因为有大元使团访问真腊并应邀参加压猎节，因为国王和各国使节要同场竞技，因为真腊第一英雄和大元龙虎大将军将登台比武，角逐国王颁发的天下第一英雄的威名。此外，亲王的新婚王妃也将一展芳姿和武艺，这些夺目的光彩照亮了压猎节的天空，吸引了全真腊甚至是中南半岛上的许多人。许多国家政要也兴致勃勃地报名参加压猎节的活动，只是想近距离感受一下英雄联盟的气场。

大吴哥城五门洞开，百姓蜂拥而入的同时，真腊军队也在严格警戒和盘查：狗不让进，发现当场斩杀。受到过斩趾刑人亦不许入门。有私自携带违禁品和武器的人也不得入内。进去的人被引导至广场，在各自方位上就座。

螺号奏起，鼓乐齐鸣，全体肃立，百官进入观礼台，就座毕。

螺号再起，鼓乐再鸣，全体肃立，各国使团进入观礼台，太子、太子妃进入观礼台就座。

螺号三起，鼓乐三奏，全体真腊人跪拜、各国使节肃立，国王、王后、大元娜日迈公主、和顺王爷入场，进入最高观礼台。

礼炮震天，国王等就座。

会场民众全体起立，三呼国王、王后万岁。

宰相宣布，压猎节正式开始。

达可和小美坐在最高观礼台上。小美坐在国王身后，达可坐在和顺王爷身后。右侧观礼台为真腊百官，左侧观礼台为各国使节。主持人是宰相。

在广场列队完毕等待受阅的二十方阵，威风凛凛地整装待发。宰相一声令下，二十方阵逐个前进，走向国王。

老兵阵全是战功累累的退役功臣，他们身着老军服，头顶铁盔，手持长枪，步伐稳健地经过国王面前，高喊"忠于真腊，忠于国王"的口号。

少儿队是年龄在十岁左右的孩童，虽稚气仍在，却英气逼人，每人手持梭镖昂首挺胸，声音嘹亮，受到了国王的赞许。

宫女阵身着短衣短裤，发髻高挺，眉清目秀，长腿健硕，每人手持一把腰刀，经过国王面前，国王挥帽致意。

天师阵、锦衣阵、皇族阵这三阵是真腊的内卫部队，分别负责镇守首都吴哥、国宫城和国王宫，不仅装备精良，而且兵威严整，士兵身材高大，军装华丽，训练有素。国王早早就站起来接受敬礼。

古寨、海神、大刀、长枪、火炮五个阵是作战兵团，人员皮肤呈黑铜色，身着作战铠甲，格外威武。国王一一向他们致礼。

接下来的九个动物方阵，训教有方，指挥有度，动作规范，听从口令……

达可是有生以来第一次看到如此军威严整的大阅兵，受到了极大的震撼。

二十方阵走到之处，观看的民众山呼海啸一般呐喊助威，这是他们的堡垒，他们生存的安全保证，他们为之骄傲自豪。

在二十方阵阅兵之后，从观众席上进入广场中央有几千人，在统一的口令下，表演了一套真腊拳法，动作颇具血性，身手矫健，拳法凶狠，招招致命。动作不复杂，但很实用，国王竟也站起来，跟着民众一起，一招一式地舞起来，引得观礼台和观众席上一阵欢呼。

宰相宣布，由于国王、王室和大元贵宾的射箭比赛放在最后，压猎节将先进入第二部分"军士压猎"。

首先出场的是大元神兵天骏骑术的表演。一百名元朝军士全部穿着盔甲，骑着白色的骏马进场。真腊百姓从没有见过这么威武的表演场面，他们犹如天上的云彩在绿色的草坪里奔腾、跳跃、翻滚，他们不管表演什么，都会引来如海潮一般的欢呼声。国王亲自带头起立鼓掌，与和顺王爷紧紧拥抱。

接下来，轮到庆格尔泰公主亲王妃登场了。她身穿一套红色的真腊女装，披了一件红色的斗篷，脚踏一双红色的软皮短靴，骑了一匹枣红马，如同一团火球滚进了绿色的草坪，在蓝天白云的映衬下显得无比娇艳。她手持一根一丈余的鞭子，沿广场环绕三周，与真腊民众见面。这团火点燃了全场观众的激情，欢呼声此起彼伏，一浪高过一浪。广场上，从四面八方进了十八个女子，她们身穿黄色的真腊女装，头顶宽边白草帽，每人手捧一大盆各式水果，有榴梿、波罗蜜、荔枝、龙眼、佛手、甜橙、橘子等，她们一个一个把水果高高抛向空中，公主用最快的速度驭马狂奔，在飞驰中扬鞭击果，百发百中。直至十八个姑娘把全部水果抛洒完毕，草场上的水果竟然没有一个是完整的。庆格尔泰的表演技惊全场，博得了经久不息的狂热的掌声。

军士压猎第三个内容是真腊宾阿伽表演的偷天换日。

只见身着婆罗门教祭师服装的宾阿伽走到广场的中央，端坐在草坪上，振振有词地诵经作法。突然，他扬手抛向天空一块黑布，瞬间，场地内的太阳不见了，天地一片黑暗。全场四寂，所有人都跪拜在地。宾阿伽继续诵经，突然他扬手将一块白布抛向空中，当白布落下来的时候，太阳重新回到空中，大地一片光明。全场民众热烈欢呼。宾阿伽在欢呼声中退场。

压猎节进展到第三场"英雄压猎"，只见真腊第一大英雄阿猛和大元龙虎大将军乌海进入场地。

第一项为较力。

场地内一辆牛车进来，几个年轻人从车上抬下了两个一样大小的铜钟，每一个有一米多高，宰相宣布两个铜钟一样重，三百斤一个，谁举不起来谁输。结果，不出意外，两人都举起了铜钟，引来一片掌声。

第二项为射术。真腊英雄选择了弩，大元英雄选择了箭。一个少女手握一个鸽子走进场子，只见她先走到真腊英雄身旁，然后把手里的鸽子一下子抛向空中。真腊英雄抬起手来，一弩放出，空中的鸽子瞬间落下。全场一片欢呼。

接着，少女走到乌海身边，正准备抛鸽子时，乌海让她停一下，他走到草坪上，捡起一个荔枝核，然后把弓抬起来，把箭含在嘴里。少女把鸽子抛向空中，乌海把荔枝核用弓射向空中，当荔枝核即将飞向鸽子身边时，只见乌海一箭射出，箭射穿了荔枝核，荔枝核的碎片击中鸽子。鸽子翅膀受伤落地时，落在了乌海的手中。全场一片欢腾。

最后一项为人兽大战。

按照规定，双方不能看对方的表演，所以，乌海首先退出场外。在乌海退出之后，一只大熊被运进了场地，大熊站在真腊大英雄对面，按照口令，英雄和狗熊激烈地对打了起来。

一看他们的打斗，和顺王爷一下子明白了什么，他轻轻叫了一声："不好！"

（三）

看起来，这场在场地内进行的英雄与狗熊的生死搏斗，根本不是什么搏斗，完全是一场游戏。人和熊在一起，亲热地翻滚着，一会儿你压在我身上，一会儿我压在你身上，根本就没有你死我活的打斗的样子。

和顺王爷突然醒悟过来，这就是过个节，让大家开心一下。他脑子里浮现出四个字："结亲结盟"。真腊人早就安排好了，通过这次压猎节活动，把大元和真腊之间的结盟告诉民众，也告诉其他各国，从今以后，大元会无条件支持真腊。

所以，真腊在压猎节的设计上，根本没有什么竞赛，没有要战胜大元的意思，不仅没有，恰恰相反，他们还想尽办法突出大元，凸显大元的强大威力。因为大元对于大多数真腊人来说，还是一个谜。现在真腊和大元结亲结盟了，大元的军力也是真腊的助力，彰显大元只会对真腊有好处而不会有坏处。

既然如此，王爷为什么会说"不好"呢？因为王爷担心乌海将军，他看明白了，狮子一定会配合乌海的表演，但是如果乌海不知道，打狠了，伤了狮子，那就有可能惹恼狮子，狮子如果玩真的，就可能伤了乌海。正想着，狗熊趴在地上求饶，全场大笑。在热烈的掌声、欢呼声中，真腊第一英雄和狗熊手牵手一起离场了。

大家期待已久的全场高潮——大元龙虎大将大战成年雄狮的表演马上就要开场了。首先，近千名手持利刃的武士在广场围了一个直径百米的大圈，防止出现意外时狮子冲向观众。接着，狮子被牵上场。面对观众席的欢迎声，狮子进圈后，连声吼叫，帮助作秀。这时大元龙虎大将军乌海登场了。刚才英雄玩狗熊这一幕他没看见，所以他进场时显得更加威仪。

只见他一身白色的紧身衣裤，头发高高拢起，足蹬七彩祥云皮靴，手指上戴上了搏击用的钢套，脸上涂上了绿色的隐形油脂，整个人犹如天外来客，神秘莫测，鬼神皆惧。

狮子一看进来这样一位奇怪的人，有些吃惊，低声吼叫一声，以示招呼。

乌大将军向观众席上抱拳行礼之后，对着狮子连连招手，让狮子上前来开始角斗。

狮子知道是在招呼自己，便一步一步走上前来。在离乌海只有三米左右时，狮子抬起右前臂向对方致敬。乌海以为狮子开始袭击自己，疾速一个左摆拳打上去，钢套打在狮子右臂的骨头上还挺疼，狮子张口倾盆大口一声吼叫。乌海看见对方张开大口，顺着声音又一个右摆拳，嘭的一声打在狮子左下巴上，狮子疼得一阵原地打滚。

话说，这只狮子出生在波斯，真是在戏班子里出生长大的，非常会配合人的演出，为了今年的压猎节演出，和狗熊一起，和真腊人共同训练了几个月，没想到临时对方换了个怪物，完全不按套路出牌，而且一点礼貌都不讲。狮子一下子真急了，站起来后，纵身一跃而起，扑向了敌人。

乌海早有准备，委身一缩，躲开了狮子的这一扑。

狮子转过身来，又连续扑向对方，欲将对方扑倒之后，再进行压服。

压猎游戏，就是这样一个套路。

可是，对方身手极为敏捷，连续在草地上贴地滑行，躲开了一次又一次的猛扑，最后干脆抬起双脚蹬踹在狮子的下腹上，把狮子踢向天空。

精彩的表演，让真腊百姓看得目不暇接，连连惊叹。

狮子被跌落在草地上，乌海纵身一跃骑在了狮子背上，左右开弓，一阵猛打。最后，他抓住狮子的鬃毛，将狮子举了起来，扔在草地上。再抓举起来，扔在草地上。再举起来，扔在草地上。

草地非常松软，狮子知道这个人厉害，也不想玩了。干脆趴在草地上，闭上眼睛装死。

看见狮子不动了，乌海蹲下身子摸摸狮子的脸，拍拍狮子的头，他或者以为狮子死了或者明白了狮子的意思，站起身来，高举双手，向观众致意。

全场观众都以为狮子死了，起立欢呼！

下一个节目是国王和王爷的射箭比赛，也为了接见一下乌海大将军，国王邀请和顺王爷共同进场。王爷起立和国王握手拥抱，然后一起走下贵宾台，步入广场，身后跟着一对俊男美女——达可和小美。无数双眼睛在注视着他们，像群星仰望日月。

广场上，由数千武士形成的一个防护圈让开了一个巨大的开口，当国王一行即将进入的时候，所有的护卫都放下武器，跪倒匍匐在地，现场鸦雀无声。观众开始跪下。乌海还在向观众挥手，他在狮子的东侧数十米，国王在狮子西侧数十米，就在这时，狮子突然一跃而起，向西侧奔跑，纵身高高跃起，狮口大张，扑向国王——

全场惊呆了……

（四）

当乌海大将军站起来向四周欢乐的观众频频挥手致意的时候，这只狮子一直趴在地上，偷偷睁眼看着，寻找逃生的机会。它知道那一圈手持利刃的士兵就是对着它来的，等到他们放松了的时候，它才有逃生的机会。它不知道，其实只要趴在地上，过不了一会儿，就会有人将它用车运出去，它对人类的了解还没有那么深。所以，当它发现那一圈人让开一个通道时，便认为机不可失，纵身跃起，向着生门飞奔，当它发现有人也在利用这个门道进来、挡住了它逃生的道路时，便向那人扑去，准备杀开这条血路，因为它不知道自己本来是死不了的，人往往也是如此，误判形势，自寻死路。

面对这只被逼疯的公狮，当它纵身跃起的那一刻，王爷自知那个"不好"的念头、那个感觉终于被眼前的倾盆狮口所印证。他并非担心自己，而是担心国王，还有自己这次本来已经非常接近成功的使命。

是啊，也不能说是谁的错误，这就是所谓的天意，吃饱了撑的，过什么压猎节啊，反倒被猎物所压了，唉，这就是天道，你要别人的命，别人也会取你的命，认命吧！

小美此时双眸圆睁，手捂红唇，手足无措，恐惧地看着面前的一切，她连想什么都不知道了。

乌海呢？他已经绝望地跪在地上，这一切都是他造成的，他选的狮子，他不打死狮子，又放纵这只该死的狮子……他其实是知道自己没有打死狮子的，只是他没猜到这只狮子如此狡猾，会欺骗自己，还是自己太过虚荣，但一切都晚了。

国王呢？唯有国王，平静地看着这一切，默默念叨："无眼耳鼻舌身意，无色声香味触法；无眼界，乃至无意识界；无无明，亦无无明尽，乃至无老死，亦无老死尽……"

就在这一刻，连看都看不见的时候，一个身影从国王身后纵身向前，扑向狮身，挥手迎击狮口，接着就是一声巨响，狮子和此人都飞向了天空，顷刻间，狮头化为一团血浆，狮身直接坠落地，而那人竟还骑坐在狮身之上。

那是伏虎罗汉吗？"心无挂碍，故无有恐怖，远离颠倒梦想，究竟涅槃三世诸佛……"国王还没有念完，奇迹就发生了，就在他的面前。那个人，那个骑在狮身上的人，已经完全没有知觉。"能除一切苦，真实不虚……"国王仍然念念有词。

（五）

达可醒来时，已经过了整整三天了，他躺在国王的宝床上，身上插满了银针。他睁开眼睛，看到了周边的人，有国王、王后、和顺王爷、西哈亲王、庆王妃，还有孔大夫。

小美本来还静静地坐在病房的一角，呆呆地凝视窗外。

两个年轻人在命运的纷扰下相遇，彼此间的爱情如同燃烧的火焰。在短暂而刻骨铭心的时光里，他们坚定地守护着彼此内心最温柔的角落，已经成为对方生命中最重要的一部分。谁知道，命运弄人，小美最担心的事情还是发生了。自从达可陷入了昏迷后，她一直守候在病房，无时无刻不在牵挂着他。

恍惚间，小美听见一阵惊叹，她抬起头，看见达可已经睁开了眼睛。她走到床前，轻轻地握住他苍白的手，感受着脉搏的跳动。他的手掌温暖而虚弱，仿佛在诉说着他对小美的依恋。

小美呢喃道："你醒了。"

达可还没有彻底清醒过来，他不知道自己身在何处，只是迷迷糊糊地看见，一双动人的眼眸泪光闪闪，映出自己苍白的脸庞。小美的双唇微微颤抖，心中涌动的激动和爱意再也无法掩饰。这三天来，她一直守望在他的身边，为他祈祷。而此刻，当她看到他苏醒，她内心的担忧终于化为喜悦，又让她竟然想责怪起他来，去数落他莽撞、糊涂、总是不叫人安心。

她刚想说话，达可便试图扭动着支起身体，结果伤口的疼痛让他"嘶"地倒吸一口气，又只好躺了回去。

"又逞强！"

达可看了看小美，又心满意足地闭上眼睛，安心地扬起嘴角，嘴唇微微翕动，好像在念叨着什么。

小美低下头，把耳朵凑到达可唇边，才听清他含混的自语："小美没事就好，小美没事就好……"

"伏虎罗汉"化身救国王的神话，已经在真腊传开。

"在千钧一发的生死关头，伏虎罗汉化入那个华人翻译官的肉身里，使他展现驱妖降魔之功，手一扬，雷神之力，砸碎了疯狮的头颅。罗汉飞入天空，落下时骑在狮背上面，面若桃花，无怒无惧，还回小翻译肉身，罗汉回归天庭……"

"是啊，如果不是罗汉，请来雷公，谁能一掌就砸碎疯狮的脑袋呢？"

"而这一切都是从宫里传出来的，国王亲眼所见。"

这几天，小美一直陪伴在达可身边。

"你是怎么做到的？"小美问。

"我哪儿知道啊？不是伏虎罗汉和雷公借我肉身做的吗？"达可说。

小美捏着达可的手："让我看看你这双手，什么也没有啊，软软绵绵，连个老茧也没有。哎，告诉你，那天我吓得连眼睛还没闭上，就看到一个身影像闪电一样飞了出去，接着我就看到他手一扬，先是狮子口中一道红光，然后就是一声炸响，接着是狮子和这个人飞上了天空，在天上你骑着狮子落在地上，看着我傻笑，像石头佛像一样。要说是你周达可有这本事，我也不信，可这是我亲眼所见，真实不虚。你还有通灵之术啊！我可要离你远一点了。吓人。以后要和你闹别扭，你轻轻一扬手，我洪美莎哈就被你打到天国去了。这太吓人了。我要和你分手，一刀两断！"

"别，别，告诉你真话，那天我用了一个武器。是这样的，几天前不是让我当预备嘛，你还不同意。我呢，就想总得有点准备吧，就跑去找一个卖杂货的老板，他说有一个宝贝叫'手炮'的，这种武器的威力很大了，可以'甲铁皆透'。我一听，就买了过来，没想到，还真用上了。"达可解释说。

"告诉我，那一刻你是怎么想的？"

"我只想保护你，没有想别的，你在国王身后，要是国王一低头，就扑到你身上了，我就冲上去了。"

"真的？"

"真的，伏虎罗汉保证。"

两人吻在一起，久久不愿分开。

"别告诉别人，就让他们把你当神。"小美小声说。

第十二章

点 石 成 金

（一）

为感谢达可的救命之恩，国王设家宴专门款待达可，陪同的有西哈亲王夫妇、洪宰相夫妇和小美，以及和顺王爷和娜日迈公主。

非常难得的是，国王一家都出席了宴会。国王有五个妻子，正宫皇后一人，东西南北四方各一妻子。另外，国外还有众多嫔婢之属。这一日，国王与王后一同出席，高坐在王宫正中金窗之中，其余诸宫人皆按次序分坐在两侧廊窗之下，她们都打量着这位英俊的"伏虎罗汉"。

今天，达可享受到极为特殊的礼仪，国王让他坐在自己的右手边，而王后在左手边。见到自己和国王平起平坐，达可实在不敢，经过一番礼让，达可最终坐在高台上国王的右手边，且单开一张桌椅。

西哈亲王代表国王致辞。

他刚说出为感谢大元使团翻译官达可先生冒着生命危险抢救国王之事，达可马上起立说："且慢，在此我声明一下，我们大家需要就这一事情达成共识，今天这个饭才好吃下去。"

国王问："什么事情呢？"国王知道达可会有推辞，但是他想看看，他会有一个什么样的托辞。

达可起立后，先向国王鞠躬致谢："感谢国王允许我谈一点认识，如果不说出来，这餐饭我是万万不敢吃的。刚才，西哈亲王说，我救了国王，这句话我万万不敢当。这不仅仅是我和国王个人的问题。国王是什么？是国王，但又不仅仅是国王，他还是神。神会怕一只狮子吗？不会。一只狮子吃得了神吗？也不会。神是众生万物之神，是管狮子的，狮子怎么可能会伤害到国王呢？所以，完全不存在什么我救国王这种谬论，如若这样说，对真腊来说岂不是颠倒黑白吗？我们必须坚定捍卫国王即神的国本。

"第二个问题，就是国王救我。为什么呢？因为我和狮子之间有一个宿命，这个劫是既然套上了，就无法解开。在压猎节计划中，有一个人狮之战，乌海大人是主角，我是预备，这是诸位大人共同商讨写入计划的。现在狮子打不过乌大人，就来找人打，我哪里打得过狮子啊？这时，国王出手相助，搬来毗湿奴十大化身之法，湿婆有第三只火眼，所以国王把湿婆、毗湿奴甚或伏虎罗汉、雷公搬到身边，借我之身以显神功之力，不然的话，谁能解释我为什么会有这种神功？和顺王爷知道，我丝毫武功都没有啊。王爷，您说是不是？"

王爷连连点头。

"中国有句老话，点石成金，我当时离国王最近，国王顺手把我这块石头点化成金用了一下，现在事情过了，国王还是国王，我还是达可，你们万万不可把我放在心上。——再说说狮子，国王您不烦吧？"

"不烦，你说吧。"

国王饶有兴致地听着，这些话都是他想听的，也是这几天来一直困扰着他的问题。这个年轻人的每一句话，都说到了他的心坎上，真是个人才，识时务者为俊杰。

"狮子嘛，其实也没有敢伤害国王之意。只是见到国王如同见到湿婆众生之王，所以它马上上前行礼，只怪它自己来得不是时候。此时，万众瞩目，你不是死了吗？你不死，乌大人如何办？一只狮子都治不了。你装死？洪宰相怎么办？主持压猎节，还选了一个会装死的狮子。你跑过来，达可怎么办？他又打不过你。狮子啊狮子，你来得太不是时候，我要不收了你，大家都难办。该出手时就出手。国王收了狮子，救了我们大家，对不对？那就让我们共同举杯，感谢国王的大慈大悲，大恩大德！"达可继续把话说透。

在一片祥和开心的气氛中，这顿饭吃到深夜。吃到最后，国王起身对大家说："天佑真腊，得一挚友。我赠一把王宫的钥匙，欢迎达可朋友随时来聚，任何人不得阻拦。"

（二）

自从压猎节之后，达可和小美的感情越发深厚了，小美时常主动把达可拉回家来，宰相和夫人每次都会做很多好菜好饭，留达可在家吃饭。皇帝家的钥匙都得到了，还会有谁不想让你上门呢？

达可也很注意，因为在异国他乡，使团只有他一个翻译，随时都会有事情发生，没有翻译，这些人会寸步难行。尽职尽责，绝对不能耽误工作，这是达可做人做事的第一原则。

至于国王家那把钥匙，他也只当是一个礼物，上交给了和顺王爷，省得一旦国王家失窃丢了东西，他还说不清楚。

这一天，小美把达可带到了父亲的办公室。

达可看见墙壁上挂着汉字书法作品，便问小美："宰相还喜欢汉字书法？"

小美："主要是母亲，对中国文化情有独钟，中国文化、艺术传播到南洋及半岛各国，影响很大。母亲祖上是庆元人，当然与我们有着很深的联系。这个是前年托人从中国买回来的。"

达可："这是谁写的？"

"这个是赵孟頫的作品。好看吧？"小美介绍。

"好看。"达可欣赏着。

小美："由于母亲祖上与赵氏相交，方得此墨宝。母亲视为珍宝，借给父亲暂挂。"

"暂挂，那以后属何许人也？"达可明知故问。

小美："唯小美是也。"

（三）

云彩如同一道腰带，环绕在山间。一行人马穿过云层，朝着山下急进。

"怎么样？累不累？要不要休息一下？"赵天俊牵着马，马上坐着山花。

"不累，这条路我走了不知多少遍，从小走到大。每次都是从山上穿过云彩，走到山下。然后又从山底往上走，穿过云彩，进入山上。每一次我都要想，是在山上好呢，还是在山下好？"山花在马上幽幽地说。

"在哪儿好？"赵天骏问。

"这要你回答啊，你是天马，你觉得呢？"山花调皮地说。

"天马当然是生活在天上了。"

"就是山上好了？"

"这就对了，你这匹天马终于找到关你的马厩了。"

难道过去在大元皇宫里当驸马，不也是天堂吗？可是他却从未有过放松的感觉。而今天，他却觉得整个身心都是自己的，有了真正的归宿。

"有一次我在镇上，遇到一个和尚，他问我：'你住在哪儿啊？'我指着云彩，他说知道了。我问知道什么了，他说知道我不是人！我刚想生气，说：'你怎么骂人啊？'他先说了：'你是神仙啊！'我马上高兴了。"山花在马上乐颠颠地说。

是啊，有了这个男人，她才等到了自己的幸福，她听说有一味最好的药叫人参，是在深山老林里采到的，可遇而不可求，这个"人参"不就是在深山老林的树洞里挖出来的吗，当时他浑身泥土，一洗就……想到这儿她的心里比蜜还甜。她做梦也想不到，现在给她牵马的，曾经给真正的公主牵过马。

这个曾经的驸马很喜欢念诗，可是很多诗她都听不懂。其实，不懂比不懂装懂要好得多，甚至比自己更懂都要好。在生活中，他可能是你的学生，或者是你的先生，或者你们根本生活在两个世界，这有什么不好吗？这样你们永远不会碰撞。此乐为我设，信哉居之安。此乐为我设，信哉居之安。

在庙里的观音堂，山花跪在地上，虔诚地祈祷，她一次又一次焚香，久久端跪在那里。赵天俊知道她在祈求什么，他相信这一切都会如愿，不会再有劫难。

走出庙门，山花把一份早已准备好的膳食给了她第一个见到的和尚，他只有一条腿，坐在庙门外面。赵天俊出来唤上山花就去采购了，他没有在意这个失去了右腿的和尚。

在一家熟悉的杂货铺子，他们买完东西就匆匆离开了，因为还要翻山越岭赶回山寨。店里的哑巴仆人把东西帮他们装上马车，望着他们远去。

哑巴回头见一个僧人坐在门口乞讨化缘，便进去盛了一大碗米饭给他放在钵里。哑巴抬起头来的时候，一下子惊呆了："王爷，怎么是你，刚才……"和尚也一愣，随即垂目，一拐一拐地离开了。

这个哑巴也是一个战败流落到民间的士兵，他认识王爷和驸马，而他们不可能认识每一个士兵，今天巧遇，同是天涯沦落人……

第十三章

逆 流 而 上

（一）

夜深了，驿馆一片寂静，似乎蛙声、虫声也小了许多。

庆格尔泰服侍娜日迈公主泡完木桶浴，扶着公主上了床。她让小护卫打扫浴室卫生，自己为公主轻轻摇着蒲扇。

忽然，她看见公主在擦眼泪。

"怎么了，母亲，有什么事情惹您伤心了？"庆王妃问。

"你说，咱们是来找驸马的，这么长时间了，别说连个人影没有，就是连个信儿也没有，这算怎么回事啊！叫谁谁不管，唉，想起来我就难受，这可怎么办呢？你能不能帮我，回去问问你家亲王，他们查这么长时间了，到底是个什么情况，活着要见人，死了要见尸啊。我大老远跑来一趟。见不着活人，我收个尸，哪怕烧炷香也行啊。你能不能帮我去问问？"

公主这番话，说得庆王妃忍不住眼泪也流下来了，她连连说："好，好，我这就回去，帮你问，帮你问个准信儿。"

回到亲王府，庆格尔泰见到亲王，向他询问驸马的事儿究竟调查到哪儿了。

西哈想了想说："其实这件事早就调查完了，没有找到人，估计驸马他们是凶多吉少。这件事，我们后来也已经告诉和顺王爷了，王爷怕影响到我们的婚礼还有之后的压猎节，就把事情压了下来。你别着急，明天我就去问宰相，然后与和顺王爷商量一下，尽快把这件事儿办了。"

第二天上午，西哈亲王和宰相一起来驿馆见和顺王爷。大家都觉得，是时候应当把情况告诉娜日迈公主了，便一起来到公主房间通报调查情况，说明迟报的原因。使团主要成员也一起参加。

见到这么多人一起谈，公主知道大事不好。她一脸严肃地听完，王爷刚说请公主节哀，她一挥手，打断了王爷，狠狠地看了一眼这一圈人，说："扯淡，他们根本就没进行调查，就是来蒙我。我告诉你们，驸马，他根本死不了，你们谁也蒙不了我，我心里有数。王爷，他们不调查，咱们自己调查。咱们自己去。到时候让我找着了，看你们怎么说。你们谁敢阻拦，哼，哼，我就调兵和你们打。结盟？结仇吧！"

说完，她一拍屁股走人了。

见势不妙，和顺王爷让大家先回去。他自己来到了娜日迈公主的房间。

他平静地问公主："你告诉我，你为什么这么有信心，认为驸马他死不了。"

公主说："死不了就是死不了，我知道他死不了。"

和顺王爷平静地问："我相信你的话，但是你总得给我一个原因吧。"

公主想了想说："我告诉你实话吧，驸马呢，他不想到前面去打仗。他说他只会文，不会武。是我逼着让他上去的。但是，我告诉他，你呢，也别真的打仗玩命，每次打仗，你先找个安全的地儿猫着，他们打赢了，你就出来，他们打输了，你就藏起来不出来。等仗打完了，不管谁找到你，就说你是个唐人，不会杀人，只是做点抄抄写写的事。你一个唐人小白脸，谁会杀你啊，放心去吧。仗打好了，咱也弄个王当当。驸马这才敢去。谁敢惹驸马呀？一打仗，他笃定就藏起来了，所以他根本就死不了，只是不知道现在落在谁手里了。你告诉他们，他们不让查，我自己去。让去，我去；不让去，我也去。他们愿意陪就陪我，不愿意陪可以不陪，我让庆姑娘陪，她是亲王妃，谁还敢不给她面子？去办吧。"

听了公主这番话，和顺王爷也相信驸马还活着。活要见人，死要见尸，这是人之常情。既然来到了真腊，而且是以找驸马的名义来的，就没有理由不到现场走一趟，否则别说没法向公主交代，更没法向皇帝交代，百官的唾沫星都会把自己淹死。想到这儿，他带着达可立即赶到国王宫，告诉西哈亲王和宰相，立即安排，陪公主到边境战场走一趟。

（二）

"她为什么说驸马还活着，说我们根本没有去调查，是在骗她？她为什么这么肯定，她是不是掌握了什么情况？"真腊国王问道。

深夜，在国王的殿里，国王和亲王、宰相还在商量大元公主的事情。

这件事情的确太大了，如果处理不当，势必使还非常脆弱的、尚未完全建立起来的两国关系土崩瓦解。真腊不仅失去了大元的支持，还会与之为敌，若真如此，大元要和周边任何一个国家联手进攻，他们是没有力量抗击的。所以，国王必须和自己的核心幕僚对事态做出准确的判断，并找出一个万无一失的处理方法。

国王强调，无论如何都不能让活着的驸马和王爷落在元朝使团手中，这是一条底线。如若这个都可以用来骗，那真腊还有什么信义和情义可言呢？想到这儿，国王的后背都直冒冷汗。

"小美要通过那个达可了解清楚，公主是推测的，还是有证据，这个很关键。如果有证据，我们就不能错上加错。如果没有，那就坚持到底。"国王先部署了情报工作，毕竟"知彼"是一切的根源。宰相表示明白，回去就告诉小美。

国王决定，还是布设明暗两条线，双管齐下。

明线，就是陪同元朝使团走的这条线。一是陪同的规格要高，宰相带女儿走这条线来陪同，但是现在西哈已经与庆姑娘完婚，而庆姑娘又不离公主左右，如此，就由西哈走这条线。二是绕，这条线不能走直线，从吴哥进洞里萨湖向南，进入湄公河水道北上，争取走二十天时间，为暗线争取十五天。三是要好，沿途尽可能走水路，不要太疲劳，要吃好玩好，好好观赏些风景。四是要安全。多带些护卫，沿途不许任何人私下接触元人，严格封锁任何消息。

暗线，由宰相辛苦一趟，抄近路用最快的速度，到达战场，迅速修建坟茔，建几座浮屠，以表诚意。同时，对所有人口进行筛查，对每一个来自元朝的人都严加看管，防止漏掉他们要找的人。如果发现了他们要找的人，先转移他处，不要让他们发现。干完这两件事后立即撤离，不留痕迹。

另外，元朝使团临行之前，真腊要隆重送行一次。从现在起，真腊要对以往发生的问题表示诚意和歉意，无论是战事的发生还是调查的结果，都是当地官员所为，与国王无关，以防出现新的意外。

当晚三人研究之后，宰相连夜组织官员拟订元朝使团真腊巡察计划。

翌日上午，西哈亲王、宰相和小美一起来到驿馆面见和顺王爷和娜日迈公主，达可也参加并翻译。西哈和宰相一再代表国王表示诚挚的问候和对两国友谊的高度重视，充分理解娜日迈公主的心情和要求，并按照公主的要求进行了安排和组织。本来国王想亲自陪同公主巡察参观，由于目前有许多遗留问题需要处理，所以只能委派西哈亲王和王妃以及洪美莎哈联络官全程陪同。宰相府已拟订了巡察方案，请予审查，如有任何要求，当全力解决。考虑地形、交通、气候、沿途保障和安全，选择了以水路为主的交通路线。临行前，国王将在王宫设宴送行。

达可注意到，真腊再无提到驸马和十二王爷的下落。

和顺王爷简单看了一下安排，征询公主意见，公主表示交由王爷处理。王爷问达可有什么补充。达可想想，说没有想到国王、王爷和宰相如此重视，所拟方案考虑周全，安排周到，虽然多上三五天，但乘船总要比骑牛、骑马安全舒适，没有什么意见。

就这样双方达成了一致，各自进行准备。

达可来到宰相府先见了小美，小美让他先坐，说宰相到国王宫去向国王禀报去了。

小美问："昨天开会，娜日迈公主非常肯定地说，驸马肯定不会死，难道她有什么确切的证据吗？如果真有什么线索，我们真腊定将全力配合。"

达可也不需要隐瞒什么："据我所知，实证目前尚未发现，大家没有瞒着我的必要。至于说公主本人的认知是如何形成的，我不敢妄加揣测，因为女人的直觉往往很灵验的。再有，有一次张德谦用《周易》给公主圆梦，说得也非常肯定。《周易》自北宋之后，很多人研究，我也见过一些，与真腊阿伽的通灵术相似，真是非常玄。搞得我现在也觉得驸马还活着的可能性比较大。"

临行前，国王、亲王和宰相专门设宴为公主此行饯行，并预祝一切顺利。

三天后，秋高气爽，宰相率百官在南门为公主一行出巡送行。

望着元朝使团远去的背影，宰相率约百骑出吴哥北门疾驰而去。

（三）

离开吴哥城之后，巡察团一行百余人，在一千名护卫的保护之下，浩浩荡荡地上了路。真腊的马无鞍，象有座，都不舒服，以为乘坐轿子平稳又遮阳，娜日迈公主和庆格尔泰亲王妃便提出坐轿子。

这里的轿子并不同于中国，轿子的形制是中间一根大木头，两头竖起。皇家的很讲究，轿头雕刻着花样，用金银包裹，这叫金银轿杠。每头一尺之内的位置钉钩子，使用大布厚厚地折叠成一条，把布条用绳系于两头的钩子中，人坐于布内，前后两人抬着走。娜日迈公主的轿子更阔一些，在轿外又加一个船篷一样的遮阳物，由四个人扛。王爷、亲王等人自己选象选马，达可和小美还是乘坐在一头象上。

当日行程三十里，住进了路边邮亭。这要归功于阇耶跋摩七世。在打败占城军队，重建真腊的过程中，阇耶跋摩七世亲自规划了国家基础设施建设，在从首都吴哥四通八达到郡县的大路边，都建有歇脚住宿之处，其名为森木。与山村配套，每一村都有寺，镇守之官名为买节。这次巡察团所到之地，都提前选好歇脚的地方，由买节提前安排准备，根据条件，有的人住寺院，有的人住乡村，一千官兵则在野外树下露宿。

真腊地处赤道附近，这里的气候分为旱季和雨季，每年四月至九月为雨季，每日午后下雨，洞里萨湖的水可涨七八丈，巨树都会被淹没到树梢。十月至来年三月为旱季，点雨皆无，湖水下降至三五尺只能乘小舟。

第二天上午，巡察团转乘小舟。进入洞里萨湖的每只小舟，都是选用巨木凿成槽，以火熏软，用木头在中间再一格一格撑开，中间宽，两头尖，每只舟可乘十人左右，使用棹划行，真腊人管这种舟叫"皮兰"。白天乘舟划行，傍晚上船休息。自吴哥进入真蒲郡之后，地势平坦，绵亘数百里的长江巨港，两岸古树修藤，森阴蒙翳，时常会听到禽兽之声，有时候在平坦宽阔的地方，还能看到千百只的野牛聚集在一起。

在洞里萨湖乘小舟经五日航行进入了温公河流域。

巡察团转乘一种长舟，制作更加舒适快捷。舟用木板制作，长约五丈，舟体有篷，可遮风挡雨。沿温公河一直向北逆游上行，四畔皆是高山峻岭，绵亘数百里岸边多为竹林。

与洞里萨湖相较，湄公河的航行更加舒适，不仅湖光水色美不胜收，而且随时可以靠近岸边上岸浏览和进食。最蔚为大观的是，湄公河流域有数千座寺庙，在湖中航行数里就可看到一座寺庙，有时映入眼帘可同时有四五座之多的庙宇。每一座寺庙都是倚山扼岩选址建造的，建筑造型各不相同，不仅让人大饱眼福，还可以适时下船，沿石阶土坡进寺庙里，或瞻仰佛像，或品茶论佛，或进素食，或焚香祈福，有时还可打卦占卜。

一日，使团人马进到一座金色的寺庙，参观的时间较长，寺内方丈慈眉善目，大家与他交谈甚欢。寺内可以占卜，西哈亲王看娜日迈公主心情大好，便请方丈为公主此行占卜一下。公主没有拒绝。方丈静静地端详片刻，然后唤小和尚取来文房四宝，竟用汉字题诗一首。

方丈写完将纸合起，问公主："你看吗？"

公主说："我看不懂。"

方丈又问："你想让谁看？"

公主环顾一周，指了指达可。

方丈把纸交给达可："先你一人看，无须示人，待事后，随意处之。"

达可打开来看，是一首诗：

> 愚迷未识主人翁，
>
> 终日孜孜恨不同。
>
> 到彼岸出樊笼，
>
> 原来只是旧时公。

达可似懂非懂，但也不敢示人，装进袋中藏好。

（四）

在云雾之中的高山之巅，隐藏着一个数百人的山寨。此地原属陆真腊或文单国，地处真腊、占城、安南交接处，跨一个山头就到另一个国家了，所以为了躲避所有的官府，这个山寨里的人不断地迁徙。

清晨，山寨里传来琅琅书声。赵天俊自从和女寨主山花结婚之后，就开始把寨子里的孩子们集中在自己家里，教他们读书写字。他教的是汉字，学的是儒学，念的是唐诗宋词。山花问他，这里又不是中国，为什么要教这些。他说，为了孩子们的未来，有一个更大的天地。

顶着烈日，十二王爷穿着一身黄色的袈裟，拄着双拐，沿街乞讨。中午，浑身上下已经被汗湿透了的他，拄着拐杖，提着的一个竹篮里面装着乞讨来的米饭，走到后院，推开一扇门，里面躺着一个年迈的僧人。王爷从篮子里拿出饭，用一个木勺，一口一口喂给这个连牙齿都快掉光了的老僧。他看到床边的杯子里已经没有水了，便走出去盛水给老僧，然后回来继续给他喂饭。

当时，在十二王爷负伤的时候，正是这位老僧为他化缘，然后喂给他吃。现在，他已经正式剃度出家了，并且给自己起了一个法名——蒙尘。这是一种自省，寓意他只是一粒尘埃，不知来处，不问去处。他曾经让尘土蒙住了明眸，失去自我，杀人无数，血流成河。如今他要告别一个世界，去到另一个世界，他希望这是一次自赎。

他心中默默念道：

> 心法双忘犹得妄，
>
> 色尘不二尚余尘。
>
> 洗面自赎春已过，
>
> 岂知谁是住庵人？

第十四章

双管齐下

（一）

傍晚，一队人马汗流浃背、神色匆匆地进入了边关古镇，直奔官府而去。

官府门卫上前打探，方知道是真腊宰相前来巡视，急忙跑进去向郡守禀告。这边宰相一干人马百余人连人带马已经进院内。执守官员慌忙跑出来迎接。宰相吩咐，妥善安排随行人马的食宿，主管官员立即来到官厅问话。

因为已经是傍晚歇息时间，郡守已回家了，所以先安排宰相一行洗漱休息，一边去各家寻找官员通知开会，一边到镇上餐馆安排饭食。

经过快两个时辰，才将郡守找来。宰相一脸怒气，训斥一番。接下来转入正题，谈起了去年的那场战争。

据郡守说，这次交战几乎将敌人全部歼灭，俘虏几十人，敌军尸体仍然遗留在战场，战场离镇上有三五十里。

在郡守的介绍下，宰相了解到，若要彻查这一辖区，怎么也需要半年以上的时间。就算将搜查范围缩小到镇，也需要大半个月。加之辖区内山岭遍布，几乎村村又有寺庙，边境驻防人员人数也不多，搜查工作只能抓紧时间进行下去。

最后，宰相叮嘱郡守明天随他到边境战场走一趟，并且要安排人开始准备接待食宿，今日的所有安排属于最高机密，切不可泄露。

翌日上午，宰相在郡守的陪同下，前往去年战争的地点进行勘察。他们骑着马来到山边，望着一眼望不到边际的群山密林，郡守问他，是否要进到密林中，如果要去，需要换乘大象进入。

宰相一脸愁容地望着山林，他知道，快两年了，别说什么尸体，连骨头渣都不会剩，进去干吗呢？他看到旁边有个小山坳，可以做一个坟地，便对郡守说："立即在对面山坳建一座坟场，并在两侧山上各建一个浮屠。浮屠建成七级。这个坟场是你们为元军建的。第一排可以做大一点，到时候就说是军官的。中间两个是最大官的。到时候告诉亲王，明白了吗？"

郡守问："几天建成？"

宰相说："十天。"

回到镇上的时候，宰相看到人员筛查已经开始了。街道上到处是官兵。心想，这个郡守还是个能干的，就不知道能不能应付得了。

十天后，洪宰相在郡守的陪同下，来到了元朝阵亡人员遗骨安放地。在这片山中，整齐地堆积了三千个坟茔，最前面三排做得更大一些，位于第一排中间的两个位置，还立有石碑。石碑上刻的碑文是：大元军队阵亡将士遗骨安放地。在整个场地的两侧，各立有一座青砖建的七级浮屠。

洪宰相夸奖了郡守，让他们把一套应对使团的仪式和说辞牢牢记住，之后便带着随行人员一起返回镇上。

（二）

元朝使团乘了十几天的船，终于在湄公河一个渡口下船了。所有人都非常兴奋，因为在河上漂着的时间太长了，当脚踏坚实的大地时，都觉得特别踏实。

前面是连绵的群山，他们还要进入这片原始山林，继续行走七天左右的时间，才能到达目的地。

这是一片原始森林，山路陡峭，杂草丛生，树木繁茂。树林里有许多深涧沼泽，没有马和象可以骑乘，只能让官兵抬着布做的轿子进入。轿子的数量有限，只有几顶，所以只能是公主、王爷、乌海、张德谦、西哈亲王、庆格尔泰、达可、小美、孔大夫以及真腊部队的首领乘坐轿子，其他人一律步行。

进入原始山林，根本就看不到所谓的道路，由高山向导带路，走的是野兽穿行的草丛。为了轿子能够通过，前面派出士兵用砍刀扩大草丛灌木。灌木丛太茂密了，他们不仅行动缓慢，而且荆条、树枝、利草把人的皮肤划出一道道的血印，嗅到人的血腥味道，林中的蚊虫蜂拥扑来，瞬间让人疼痒难忍。

林子里瘴气萦绕，各种腐叶和毒虫、动物的尸体堆积在脚下，发出腐败的气味，令人作呕。一片片近百尺高的树干，把整个阳光都遮住了，林子里显得阴暗而潮热，让人浑身难受。很快，有些人就把自己带的水喝完了，盼望着找一个地方好好休息一下。

前面来到了一个近百米的林中池塘，池水清透见底，池底可以看到横着白色的树干。大家都非常兴奋，希望马上饮用池水，洗洗脸。只见向导和带队的军官说了几句话，军官立即喊道："所有人注意，池水有剧毒，任何人不得喝池塘中的水，不得洗脸、洗手，必须远离池水。池水会放出毒气。"

公主的一个女护卫，由于听不懂真腊语言，加上干渴难忍，浑身瘙痒难耐，一来就跳入水中，没有想到双脚立即变成红紫色，接着就成黑紫色。她失去知觉，竟倒在了水中。没有人敢下去，很快这个女孩就失去了生命。

坐在轿子里的达可得知了外面的事故，愧疚得透不过气来。

就在几分钟前，达可还依偎着小美的肩膀，沉浸在甜蜜的满足之中。他或许听到了向导的警告，却竟然忘记了这偌大的巡察团，能听懂真腊语的不过寥寥数人！

　　他之前并不认识这个女孩，这让他更加内疚。在此之前，他从没想过翻译的疏忽竟然会让人付出生命的代价。讽刺的是，现在他坐在高高的轿子里，正在为所谓的"和平"做出贡献，却没能挽救一个无辜的生命。

　　他知道，没有人会把女孩的死怪罪到他的头上，可是无论如何，这件事的阴影将永远笼罩着他，因为本来一切都不会发生，自己罪不可赦。

　　小美轻轻地捏着达可的手，虽然达可一言不发，她似乎知道他的内心正在承受着什么。

　　翻过了一座山峦，穿过了一片林海，终于到达了当日的宿营地。林中的瘴气让近乎一半的人处在昏迷状态，只好让他们退回去。这时，公主也开始想，这趟来得到底值不值，有多少人会因此把命搭进去。

（三）

　　清晨，林中百鸟齐鸣，阳光穿过树梢，给山林带来一道道的光路，这是一天之中最有生机的时刻。夜行动物开始回到自己的栖息地，也给人们带来了一种安全感。

　　巡察队继续在林中跋涉，此时大家已经不再关心走了几天，反正是要走出这片林海，出去的路只有带路的向导知道，如果没有他，你也进不来，更出不去。时间变得毫无意义，走了几天，还有几天，没有人再提这个问题，总之，往前的路越来越少，时间也越来越短，当下最重要的是走好每一步。

　　乌海大将军不知道什么时候得罪了一群猴子，一路上对他不依不饶，不是往他身上扔东西，就是往他头上撒尿，甚至一起在他路过某一棵树时往下拉屎，弄得他一身臊臭味。他想起来了，只是早上一只小猴子向他讨饭团，他没啥给的，因为现在是定量配给，在走出林海之前得不到物资补充。

乌大将军虽然出了糗，却给大家带来了难得的欢乐。特别是娜日迈公主边看乐子，边说风凉话，众人都暂时忘记了险恶的丛林，哈哈大笑。

进入林子之后，一直是庆格尔泰步行在娜日迈公主身边伺候。庆姑娘一身紧身黑衣打扮，头发用绸布包裹，袖口裤口用绑带扎紧，面戴纱巾防虫，脚蹬软鹿皮靴防水，双手戴上了黑手套，右手一根长鞭可打飞鸟，左手一根短鞭可打蚊蝇，这身打扮和武艺，无愧于大元女杰。

这时，她刚要挥鞭击猴，向导赶快拦住："你这一击打出去，会引来几百只猴子，大家就永远走不出这片林海了。"

不远处传来滚滚的水流声，走到前面一看，原来是一条地下河。河宽十余丈，河床到岸基五六丈深，河的两岸由一棵巨大的树干形成了独木桥，人们必须从独木桥上走过去。听着轰鸣的水流声，看着脚下几丈深的飞流巨石，娜日迈公主实在不敢踏上独木桥，最后庆格尔泰用长鞭捆住两人的腰，用短鞭牵住两人的手，高娃在后面扶住公主的腰，让公主闭上双眼，牵着鞭子，倒退着一步一步挪了过去。

跨越了地下河，前面是林间飞瀑，向导原想带大家在瀑布休息一下，洗一洗汗水，再煮些东西吃。来到瀑布前一看，瀑布已经被占领了。原来是几十头野象正在瀑布中欢快地沐浴休息。它们见到人之后，怀着敌意怒视着人们，并发出阵阵低吼，表示出"主权归我，决不相让"的态度，它们还派出两头公象，控制路口禁止通行。西哈亲王问带队的官员，他说只有这一条路可以通往前方，没有其他道路。这样，只好就地歇息，等大象玩够了再走。

在众人等候大象休息的时候，向导忙着在林中采摘一些东西。西哈亲王告诉王爷，向导采摘的全都是宝贝，拿到吴哥可以卖出高价。一种是出于老朽木中的如蝼蚁般细腰状的凝脂，这是黄蜡；一种在丛林中的树心，其外白，木厚八九寸，叫作降真；一种树脂叫作画黄，是向导前一年上山斫树后流出来的，一年后的今天已经成为树脂。

一种是树枝间如桑寄生之状的树梗，叫作紫梗，是非常难得的药材；一种是大树之子，状如椰子，圆形，中有数十枚籽，叫作大风子油。

西哈亲王让一些官兵和向导一起采摘，带回吴哥，送给使团。毕竟，深山老林里的宝物，不是轻易可以得到的。

不知过了几个时辰，野象群玩够了，休息好了，开始转场，把瀑布让给了人类。大家赶快过来洗澡烧饭。

当大家陪着公主、王爷洗漱的时候，高娃和两个女护卫一起为使团烧饭。突然，烧饭的女护卫惊恐地叫了起来，大家听到后，衣服还顾不上穿好，赶紧跑过来看，只见高娃躺在地上，两眼紧闭，浑身不停地颤抖。

"赶快叫孔医生！赶快叫孔医生！"公主喊道

孔医生跑过来时，高娃已经停止了呼吸。孔医生又摸了高娃的脖颈动脉，沉痛地说："人已经没了。"

公主喊道："怎么搞的？"

女护卫惊恐地说："看，这是她做的青蛙汤……这些小青蛙很好看，我们就抓来烧汤。烧好了，她先尝一下，结果……"

孔医生打开锅一看，表情凝重地说："这是毒蛙。要不是她先尝了一口，恐怕大家都……"

听完孔大夫的话，姑娘们都痛哭起来。

（四）

天色刚亮，踏着漫天的浓雾，带着四五个仆人，牵着一长串小马，赵天俊踏上了下山的路程，前往山下镇上去采购生活日常所需的各种物品。原来都是山花带队来的，现在山花的肚子渐渐大了，赵天俊舍不得让妻子挺着大肚子走这么远的山路，而山花对赵天俊离开自己也放心了。

山花对赵天俊是真上心，这个夫君是她在大山中"挖"出来的，真的就像人参般珍贵。他俊朗挺拔，眉清目秀，性格温雅，才华横溢，和自己见过的所有男人相比，说他是人中之龙一点也不为过。最初，山花还不敢让他一个人跑出去这么远，生怕丢了或有个闪失；现在自己怀上了，肚子越来越大，也实在是没办法跑这么远的山路，更重要的是，她知道这个男人的心已经是属于自己的了。

来到镇上已经是晌午，赵天俊按照山花的吩咐，在集市上购买了生产所需的食盐、布匹，以及日用品和一些肉菜，便带着一众人马匆匆上路回山。

在出镇的路口，他听到有一个人唤他，开始还以为是听错了，转头一看，原来是路边一个蹲着的人。那人望着他，轻声叫唤："驸马、驸马。"

他定睛一看认出来了，这不是杂货店里的哑巴嘛！

他让仆人们先走，随后便走到路边哑巴的身边。

哑巴说："你是驸马，你不认识我，可我认识你，我是你的手下。那天打仗的时候，我们就在一起，我看到你钻到树丛里去了。战斗中，我看形势不妙也躲了起来。仗打完了，我东躲西藏，来到了这里，在杂货铺当仆人。我不会说这里的话，所以只有装哑巴混饭。"

驸马："怪不得看你眼熟呢。活下来不容易，先在这里稳一下，找机会再回家乡吧。你家里还有什么人吗？"

哑巴："我从小跟着部落转战，现在他们都不在了，我也不知道应该回哪里去。"

驸马："噢，是这样，那留在此地，找个女人，好好过日子。"

哑巴："我找你是有个想法。我们是武士，不能这么窝囊地活着，我已经找到了十个幸存的兄弟，和他们商量了，真腊大部队已经撤走了，现在附近没有多少兵，都住在镇上。找个机会，我和兄弟们把他们干掉，然后占着这片地方称王。大元知道您和王爷都还在，而且已经占据了此地，肯定会派大部队过来。咱们里应外合，控制真腊北部，有五六天就可以攻到吴哥。到那个时候，您和十二王爷当真腊王，我们也算是开国功臣。"

赵天俊："十二王爷还活着？"

哑巴："还活着，但只剩下一条腿了。躲在一个寺里装和尚。您上次来他看到您了。"

赵天俊："在哪儿？"

哑巴："就在杂货铺门口。我想叫您，他不让。"

赵天俊："你这些想法和王爷说了？"

哑巴："还没有，想先禀告您，十二王爷只剩下一条腿了，行动不便，等我们干完了，再接他过来主事。"

赵天俊："你征战了这么久，难道还不明白吗？能活着就是最大的幸运啊，你好容易捡回一条命，就不要想着称王称霸了。你说说，这里的老百姓和我们的有什么区别？打仗的虽然是武士，受苦的可就是我的妻子、我的孩子这样的老百姓啊！退一万步讲，这里离大元太远了，远水救不了近火。所以，我真的劝你还是放弃这个想法，先好好过日子，等有机会了再回大元。你们都知道，我这人一介书生，不会武艺，不会打仗。无论如何，我都不可能参加，也坚决反对你们的行动，不要乱来！你再见到王爷，代我向他问好，让他也好好活着，有机会再见面。我要先走了，前面还有人在等我，一定要好好活下去，不要再杀人了，杀人是要偿命的啊。"

哑巴冷笑道："我们是您带来的，您如今倒是不想管我们了。您说自己是一介书生，不打仗，可要不是您这位堂堂驸马和十二王爷兴师动众，我们会来吗？我的兄弟们会落到如此境地吗？您在这里成家立业，过得逍遥，那我们呢？你们这些大人物可想不了这么多。大家现在都沦落到这种地步，我就直接和您这样说了吧，你知不知道自己为什么不会打仗还能活着，因为那个树洞前面堆满了我兄弟们的尸体！我知道远水救不了近火，所以才要主动出击。"

赵天俊闻言摇摇头，转身去追马队了。

哑巴不明白，从前的赵驸马已经"死"了。

在这一年半载的日子里，赵天俊本来已经将过去彻底抛诸脑后，大元似乎变成了一个遥不可及的国度。可是这个哑巴让他的心隐隐忐忑起来。战场上的士兵回来了，十二王爷也没有死去。在那个热带雨林战场上发生的一切有如不散的阴魂，杀气又重新悄悄聚拢在真腊上空，他已经在哑巴的那番话里听出了浓浓的血腥气。

他不知道自己这番劝说有没有用，哑巴会不会再次引来一场战争。更可怕的是，如果杀戮再次发生，那他，这个苟且偷生的赵驸马，就会再次成为战旗，成为大元派兵征战真腊的理由。到那时，真腊将无力抵挡元朝的铁骑。而这一切都是因为他赵天俊心存侥幸，自以为可以躲过一劫，在异国他乡幻想着重新开始自己的人生。

月暗星稀，一个黑衣蒙面人翻过围墙，跳入寺庙。他沿着墙角进入后院，来到王爷所住的屋前，在窗户上轻轻地敲了几下。

屋子里传出十二王爷的声音："谁呀？"

没有回答，黑衣人只是又敲了两下窗框。

王爷起来，点上灯，把门打开，一个人闪到屋里，见到王爷立即跪下来，把面罩拿下，说："是我呀，我是您的兵，就是杂货店那个哑巴。"

王爷看了说："这么晚了，你到我这儿来，有什么事儿吗？"

哑巴说："向您汇报点想法。"

王爷说："啊，我一个出家人，来找我说什么事儿？"

哑巴就把和驸马说的想组织暴乱，进而夺取真腊国的想法说了，只是没提到已经见到驸马的事情。

王爷闭上双眼："罪孽，我已经是个残疾人了，而且已经出家了。蒙尘不再是什么王爷，不会再和你们一起。同时我也想告诉你，千万别干傻事儿，好自为之，保重肉身，有朝一日想办法回家去吧。你走吧，我要歇息了，明早要出远门去化缘。"

哑巴见状，只好无奈地起身，向十二王爷行礼，转身关上门离开了。

第十五章

祸 不 单 行

（一）

在一片荫蔽的小树林里，哑巴召集到了十几个元朝散兵，他们有战后幸存下来的，也有唆都元帅派过来的。他们做梦也没想到还能相会，一个个激动万分，相互拥抱、问候。

一段寒暄之后，哑巴拿出酒肉食品招待大家。

哑巴边吃边说："我们活下来不容易，但是如果我们躲在这儿当哑巴，连个女人也找不了，家也成不了，岂不是白活了一辈子？我们打败世界无敌手，谁不怕我们？我们在真腊虽然第一仗打败了，但是别忘了，大元还在。咱们把这个郡府官邸给拿下来。再把占城的咱们的大军迎进来。从这里出发，五天打到吴哥，咱们就可以成为吴哥开国的第一功臣。告诉你们一个大事，十二王爷和驸马都还活着，就在这儿。我现在说的，就是二位爷的意思，我已经和他们商量过了。你们想一想，大元朝廷皇帝要知道，十二王爷和驸马已经在这儿占了一块地方，他们能不高兴吗？能不派大军来吗？"

听到这儿，所有人都兴奋起来。是啊，要说哑巴的想法再好，也难以让人感到靠谱，但是有王爷和驸马就不一样了，这事可靠。

有的人问："没有武器怎么办？"

哑巴说："我们先用树木做木棒，然后再抢官府中的武器。"

有人急切地问："废话少说，你就说，哪天干，怎么干吧？"

哑巴说："就在今天晚上夜深人静的时候，我会带着大家开始行动，带着砍刀、棍棒准备袭击并夺占官邸。因原来查明有十个左右的官兵分别住在东西排房，官员住在后院，外围墙并不高，所以我们可以从东西两排房和后院同时发起进攻，斩杀官兵，夺取武器，控制官府，以大元朝廷的名义，接管边关。"

哑巴和众人最终约定：一更时分，在前门放炮，吸引敌人的注意力，然后左右两侧和后面三个方向同时越墙入院。

（二）

人怕什么，往往就会来什么，这可能就是所谓的先兆吧。

这一行途中，最让达可放心不下的，或者说是害怕出现的事情，就在即将走出丛林的最后一天发生了。

这是一段荆棘丛生的道路，上有百尺高树挡住了太阳，下有荆条茅草交错其间。前面官兵虽然努力开出了一条道路，但是路实在是太窄了，无法抬轿子，每个人都要自己行走。

达可始终跟在小美的身后，生怕她遇到什么不测。

"啊！"一声惨叫，是小美发出来的。

达可看到小美手里竟抓着一条小蛇，就在小美甩出去之前，已经咬中了她的右小臂。

一般来说，这种小蛇都是毒蛇，它们吊在荆条上面。刚才小美去抓荆条，不料却抓住了这条小蛇。小蛇受惊，转头就咬中了小美的右臂。

达可慌忙抬起小美的胳膊，对着伤口拼命吮吸。孔大夫就在达可身后不远的地方，见状连忙挤上前来，问清情况后，立即给小美服用了蛇毒散，包扎伤口，用绷带把小臂捆紧。这时，小美身上的蛇毒已经开始起效，她一下就失去知觉，倒在了达可怀中。

达可吓呆了。

"先抱着走吧。药不会这么快作用，好在你吸得快，我估计大部分毒液已经吸出来了。过两个时辰应该会醒过来。"孔大夫说。

达可抱着小美，继续往前走。这片荆树林大概有几百米，穿过去之后，就是大树，路好走了许多。但是，小美身上已经开始发热，这是蛇毒引起的发烧，达可不停地祈祷，但愿度过此劫。

终于，达可抱着小美走出了荆树林，他浑身上下已经被汗水浸透了。

达可抱着小美爬上了山顶，不停地呼唤着小美的名字。

他抱着小美来到一座瀑布前，用汗巾擦干净她露出的每一块皮肤，又把她抱进了宿营地。

所有的人都和善地看着他俩，有欣赏也有期待，有肯定也有鼓舞。

队伍选择林中一块开阔地宿营，这是最后一次林中宿营，翻过前面不远处的最后一小座山，就进入了平原，各种交通工具就可以用上了。

达可抱着小美坐在篝火旁。

孔大夫走过来为小美号脉，又摸摸鼻息，说："跳得不错，快了，快醒了。"

大家围坐过来，静静等待小美醒来。

终于，她醒了！小美睁开美丽的双眼，看着周围的人。

大家都长舒了一口气。

（三）

晚宴在郡府官邸举行。

十天来，在宰相的亲自指导下，一切事宜的进行都还顺利。坟场已经按时完工，如何应对各种提问也对了口径。镇上也没有发现什么可疑之人。接待工作全部安排就绪。这一两天巡察团就要到了，宰相必须马上离开，不要给元人留下什么把柄。

边镇官邸长期以来是要领兵的，也常有部队驻在此地。因此，官邸建得比较大，是一个四进三排的布局。其院内如同一个花园。前院为接待，二院为大堂，三院为公务，四院也就是宰相住的客房。三排的左右两排可住兵员。

今晚，宰相带来的一百号人，就住在东西两侧，并准备好了明早动身返回吴哥。这一百号人就是保护宰相的。晚宴之后，宰相就进里院的客房去歇息了。

时辰即到。

哑巴带领元朝散兵都到了院墙外面，做好了越墙进入院子的准备。

只听大门外传来爆炸声。元朝士兵开始翻墙，跳入院内，斩杀哨兵。刚冲到院子里，没想到从各个房间跑出来越来越多的真腊武士，这是王宫护卫队。他们手持长枪利剑，身着铠甲，将进入院内的元朝散兵团团围住，很快就全部杀死。

哑巴放完炮后，爬上了院墙，正想跳进去，可是眼前这一幕让他魂飞魄散。他赶快跳下围墙，飞快地消失在黑暗中。

宰相和郡守从房间里出来，在灯笼火把的照耀下，惊讶地看着这些死尸。

"有活的吗？"宰相问道。

"没有，全都杀死了。"

"可惜了，明天把他们……"宰相咬着耳朵对官员做出了一番安排。

蒙尘正在睡觉，听到有人在轻敲窗框。他起身点亮了灯，打开门，请那人入内。

蒙尘坐在床上，那人扑倒在地，哭着讲述了自己的失败。

蒙尘："罪过，罪过。现在心放下了吧。去吧。"

哑巴："我能跟着您吗？外头都在查刺客，现在我无路可去。"

蒙尘把床上的席子拿到地上，指了一下，让哑巴睡下。

蒙尘自己也倒头睡了。

翌日凌晨，庙门早早地打开，阿伽开始打扫庭院里的卫生。他看到蒙尘早早就持钵化缘去了……

拄着拐杖的蒙尘走在路上，前面传来了急促的马蹄声。蒙尘闪在路边，对面宰相带着上百人的马队武士疾驰而去。灰尘飘在蒙尘身上，蒙尘低头让路，他知道就是这些人昨晚杀了哑巴的人，看服装和装备，他们就是真腊宫廷里的人。他感觉到，这些人的到来一定与自己有关，也会与驸马有关，蒙尘啊蒙尘，你再不能"蒙尘"了。

待马队过后，他朝着自己的目标继续走去。

哑巴醒了，他抬起头看到王爷的床上已经没有人了，只有一套叠得整齐的干净的僧服和一个化缘用的钵。院外正在举办一个佛事，一个僧人去世了，就是隔壁的老人，寺里正在为他送行。

看着王爷给自己留下的衣服、钵和屋子，哑巴知道这是王爷能给自己留下的全部，包括生命。这一衣一钵既是衣食无忧，这一屋一床就是遮风挡雨。那王爷自己呢，他拖着一条残腿，天当房子地当床，该到哪里去避雨，到哪里去躲避那些洪水猛兽呢？我不入地狱，谁入地狱，这可是干爷啊！想到这儿，他顿悟了，他知道自己的处境要比十二王爷不知好到哪里去了。

哑巴剃了头，换好僧服，拿上钵，自己上街化缘去了。此前有无数僧人曾经在杂货店门前化缘，他来者不拒，这也是因为老板有交代，这是积善积德。今天换了一个位置，他才懂得珍惜和感恩。

晚间，他自觉来到了大堂参加晚课，听和尚们诵经。他听不懂，只能用心。三天内，他把十余人带进了地狱，他拿走了本已属于他人的生存条件，他自己算怎样一个人呢？他突然间想到了这句话：远离颠倒梦想，究竟涅槃三世诸佛。

然而，他能和王爷一样，放下这一切吗？如果还有机会，他会离开这里，铤而走险吗？他不知道。在他内心深处，大元，俗世，还是如同鬼火，扑而不灭，幽幽发光。

（四）

巡察团终于走出了这片原始森林，开始说是五天的路，结果走了十五天的时间，上千人的队伍最后失去了一半人还多。剩下的人破衣烂衫，蓬头垢面，手持棍棒，相互搀扶着从林子里走出来。

当他们终于从山林中走出来，头顶蓝天白云，脚踏绿茵草场，呼吸着清纯的空气，看到了山坡下远处的路上停了一长串的马车和牛车，激动的泪水立即充盈了眼眶，不知不觉地流淌到腮边。此时此刻，所有人心中只有一个要求：好好洗澡睡觉。

在最后这段路程里，每个人都心事重重。

乌海在想：要是当时送一个饭团给小猴子，是不是就不会有猴群调戏自己这件事了？一个龙虎大将军仅仅为一个饭团得罪一个小猴子，被整得屎尿满身，屁滚尿流，真是丢人到家了。自己这一次怎么这么霉运？开始被一个狮子给骗了，差点把国王给害了，这次又被猴子整，这个世界，究竟谁是高级动物？

　　张德谦在想：这次为什么让我来不让恩立金来呢？估计还是上次圆梦的结果，真是言多有失。这个娜日迈公主就是让我直接面对真实情况，检验我圆的梦能不能圆，算的卦灵不灵验。当时我说的离卦，是利贞，亨，吉。然而，离就是离。《序卦传》曰："陷必有所丽，故受之以离。离者，丽也。"离是丽，附着的意思，也就是附着的两物，必然是分离的。天地间的物体，必定附在某种物体上，始得以存在，人依附的对象如夫妻、朋友，也不外如此。但必须正当，正如母牛，母牛须柔顺，若母牛不柔顺，公牛就会离开，而依附于柔顺的母牛……哎呀，假如的确如此，岂不是公牛已经离开这头母牛，依附于另一头母牛了，这可如何是好呢？

　　西哈亲王在想：我这一趟，真是九死一生啊！早知如此，当初就该让宰相走这一路！不过，不走这一趟也不知道，庆妃真是不错，有情有义，有貌有才，身为夫君，我也不能逊色……

　　和顺王爷在想：这一趟走得九死一生，真是不能小看了这真腊。原来以为是小国，软柿子，随便捏。然而接触以后，才知道不好对付。从海上到陆上，从河流到森林，所有的事都在他们股掌之间，滴水不漏。要说有意折腾对方，人家王爷也来了，同生共死，让你挑不出毛病。真是不可轻视小国，欺负小国。不然的话，吃亏上当的一定是自己。

　　达可还背着小美，这可倒好，两人分不开了，这也是坏事变好事。

　　终于来到了牛车旁，郡官一直在等，组织大家赶紧上车。

　　娜日迈公主坐在牛车上感叹道："这是我平生以来坐过的最舒坦的车，走过的最平坦的路……"

（五）

　　巡察团入住的接待事宜，洪宰相已经全部安排妥当，并告诉负责接待的官儿，有人在监督他，做好没差池，升官调吴哥，有瑕疵纰漏，则处分降职。出现大问题，斩立决。

还没进官邸，大家就吵嚷着入住后要先洗澡换衣服。巡察团主要成员住后花园，其他人住前院和三进院的接待办公房，护卫住东西兵营。

住后院的各位头儿的房间里放了新制作的大木桶，每个人洗木桶浴，有愿意洗热水的还在门口架起大锅烧热水，个人换洗衣服都是随身携带，由专门的士兵当挑夫，挑了一路，在森林里也用不上，现在直接送到房间。

刚一进门，这些巡察团的头儿就把衣服脱了扔到门外，由仆人们拿去扔了。一个个钻进木桶，享受沐浴的奢侈。

是啊，只有在毒虫猛兽、万年洪荒的龌龊之地爬出来的人，才能感受到木桶浴的奢侈。

娜日迈公主换了五桶水，还觉得自己身上有污垢，洗不干净。还没洗完第八桶，她就在木桶中打呼噜了。

达可把小美背进了房间，她故意赖着不下来，一看到热水浴和女仆，她马上跳了下来，把达可推出门。达可没走出门，小美的脏衣服已经扔出了门外。

达可住在小美隔壁房间，进房之后，他也开始清理自己的卫生。

到了上灯时分，明月高悬，清风和煦，晚宴就摆在后院的花园里。巡察团所有官儿都一改山林野鬼的模样，身着皇族的装饰和达官贵人的官服，洗得干干净净，身上散发着尊贵的香味，相互行礼，依序入座。

按照宰相的安排，今晚给大家接风洗尘，按照真腊最高的礼仪，共安排了五十道菜肴，还专门带来了元朝的白酒、黄酒以及真腊的果子酒。宴会由西哈亲王和庆格尔勒王妃主持，此时大家如梦初醒，然而，又久久不能回神，对此饰此服、此宴此景都倍感陌生，更倍感亲切！

晚宴一直延续至深夜，月亮躲进了云朵，还有人不愿回房。说不完的话，落不完的泪，诉不完的苦，倒不完的人生感受，只因为九死一生方知生的幸福。

　　席间，达可和小美继续回归本职工作，举筷不动菜，举杯不进酒。大家都回房后，郡守拉着小美和达可单独留有一席，并交给小美一个信封。小美悄悄打开，匆匆一瞥，转头对郡守说了一句："好好干。"而达可看见，纸上并无一字。

　　休息三天。这是和顺王爷在宴会结束时宣布的。众人实在是太累了。

第十六章

七级浮屠

（一）

临近午时，一个挂着拐杖的断腿和尚进了寨子。

在真腊，遇到和尚化缘是不可以阻挡的，只可以善待奉迎。

"怎么是您，十二王爷？"赵天俊惊讶地说。

"真是有缘啊！"蒙尘也惊喜。

"赶快进家吧！"赵天俊想要把他请进家里，好生照顾。

"谢啦，不要惊扰了家人，蒙尘就在外面坐坐。"

"那怎么可以？这样，我有一山洞，可以歇脚，咱们去那里。"

赵天俊把十二王爷带进山洞，里面床、桌椅板凳等家具和生活用品一应俱全。

"十二弟，你就先在我这儿住着，好好养养身体，等外面平静下来再商量后面的事。"赵天俊一边说，一边给和尚倒茶端水。

"我现在有个法名叫蒙尘，意思是努力修行，除尘开光。我叫你天俊兄，你叫我蒙尘，其他的，就不提了。"

"好，你先喝茶，我去给你弄点吃的，咱们边吃边聊。"说完，赵天俊就跑回竹楼让仆人做了饭菜，端了过来，有酒有肉有菜有饭。蒙尘只动菜饭，不用酒肉。

"今天回家，就咱们俩，破个例，喝一杯。"赵天俊劝道。

蒙尘一笑："修行以持戒为第一，不可破例。出家者，以自觉为本，重在慎独。本心即佛，例破乃心破，道高一尺，魔高一丈，你看这面镜子，破了再看，人即妖也。所以，修行之人，绝不可以明知故犯，破例即走火入魔。"

赵天俊："厉害啊！这才几天啊，你这学问就这么高了！"

蒙尘："不敢。学问是天地之法则，而佛性是心灵之归宿。学问是学来的，佛性是悟来的。学问是用来修理自然的，佛性是用来修正自己的。学问是用来入世的，佛性是用来出世的。学问一条横线，佛性是一根纵线。"

赵天俊："怎么理解横和纵呢？"

蒙尘："学问越学越广，但是不管你如何切割，它每一部分还都存在，还都能用。但是，佛性就不一样了，不管修性有多高，但是你在任何一个地方断了，它就全垮了，连根烂掉。这就是不能破例的原因。吃一块肉和杀一次生没有区别，做人没有这个要求，但是修习佛法有这个要求，你入了这个门，就要守这个要求。"

赵天俊："没人知道。"

蒙尘："不管别人，只问本心。你修的是本心，用的是本心，问的还是本心，你说知不知道。你告诉本心我要修你，你又问他我想杀生，觉得他会怎样回答你呢？"

天俊："看来，你是不准备杀生了？"

蒙尘："放下屠刀，立地成佛。"

赵天俊："我不是那个意思。你是黄金家族的人，是忽必烈的孙子，即使负伤了，你也还是王。还是人中龙，还有享用不完的荣华富贵，这一切，你都不要了吗？"

蒙尘："我最初也是这样想，这样安慰自己，直至有一天，我知道了自己吃进去的每一粒米，都是千家万户少吃一口分给我的时候，我才知道自己罪恶深重，不仅仅是肉体，而且是这里（心灵）。越想要得多，越是罪恶加重，我就立志告别过去，救赎自己。"

赵天俊："那你想如何修呢？总要修成正果。"

蒙尘："正果不正果我现在还不知道，但是我知道绝不能再执迷不悟，再增加自己的罪恶。修行和做学问不一样，做学问是做加法，看能不能多学点，修行是做减法，无欲无求，少犯错误。你呢，有什么想法？"

赵天俊："只想做个好人。"

蒙尘："何为好人呢？"

赵天俊："我觉得好人是对坏人而言的，不是坏人，自然就是好人。可是，当坏人还是好人，似乎并不总能遂人愿。"

蒙尘："何以见得？"

赵天俊："我本来以为一切已经过去了，不会再有战斗，也不会再有杀戮。从战场上回来之后，我一直都是这样想的。直到有个假扮成哑巴的士兵找到了我，准备占领官邸，还想着以驸马的名义让大元再次出兵。我不知道自己有没有说服他。可是我知道，如果他没有见到我，如果赵驸马已经死在了战场上，他就不会动那般邪念，什么也都不会发生了。"

蒙尘深深叹了一口气，把后续的事情告诉了他。

赵天俊久久没有说话。哑巴虽然没有如愿，可是这场流血事件本来就不必存在。

蒙尘没有和赵天俊继续讨论这个问题，因为，他认为赵天俊已经是一个很好的人了。他曾经身居驸马高位而不恃强凌弱，他学富五车而仍好学不倦，他手持利刃而从不杀人，他背靠皇权而喜交平民……真正的好人是在利己的同时，也能利他，自己活得好也让别人活得好。可是，这些对他已经没有任何意义了，因为佛性的境界与人的标准有着根本的不同。最好的人是利他，而佛则是无我，利他和无我是人和佛的根本区别。一个人既想做人又想成佛，这是根本做不到的，人可以下不为例，人非圣贤孰能无过？但是佛就不可以，破例既坏了金身，你自己可能还不知道，但是，就佛法而言，你已经是个妖怪了。在蒙尘看来，驸马是一个好人，但也不过仍是一个凡夫俗子，也注定不会脱离苦海，他的每一步都是自寻烦恼。

（二）

当巡察团来到宰相组织修建的"大元军队将士遗骨安息地"时，只见万里无云，群峰环绕，在一片小山坳里，整整齐齐排列了大片的坟茔。两边各有一座青砖建起的浮屠，散发着淡淡的青烟。坟场前面是近百级的台阶，上了台阶之后有一个近百坪的祭拜平台，平台之后就是一排一排的圆坟，前三排要大一点，第一排正中间的两个更大一些。所有的坟茔都没有碑牌，只有一束鲜花。此时，平台上有百名僧人盘腿端坐诵经。看见这场面，所有人无不为之动容。

下了牛车、马车，巡察团的所有人严肃地排列整齐，缓缓走上台阶，此时，娜日迈公主已是泪流满面。庆姑娘搀扶着她走上了台阶。迎接的官员向西哈亲王说，准备了蒙古族祭品并端上来。此时，和顺王爷示意，所有人肃立默哀，并三鞠躬。接下来，和顺王爷组织大家抛撒祭品。

王爷一边抛献祭品，一边问郡守："这里一共有多少坟茔？"

郡守："一共建了三千座。"

王爷："你知道当时的战场在哪里吗？"

郡守指了群山中的具体位置说："就是那座山。"

王爷："你当时在场吗？参加战斗了吗？"

郡守："在场，非常抱歉，我参加了战斗。"

王爷："噢！那你们为什么要建在此地而不是前面，就是战斗的地方呢？"

郡守对答如流："这些将士虽然阵亡了，但是他们的灵魂还在，他们的亲人和大元朝廷也会挂念他们，有机会也想来祭奠他们，战场太远了，高山密林既不便于修建，更不便于祭扫，所以我们就修在了此处。"

王爷点点头表示赞许："前面三排是怎么想的？"

郡守："这三排是军官，服装不一样。"

"那这两个呢？"王爷走到了两个最大的坟墓面前。

郡守："我们估计他们俩官最大，和一般官员的铠甲都不一样。"

王爷："这些坟墓中都有遗骨吗？"

郡守："都有。"

王爷走到第四排说："你找人把这三个坟给我挖开。"

郡守马上找了几个人把这三座坟挖开，里面竟然是三具完好的尸体。

众人大惊失色。

王爷和乌海亲自查验，果然都是元朝人。

其实，这就是前几天哑巴带人来战斗之后，宰相给郡守布置的，要他把这些元朝士兵的尸体都埋到坟地里去。

王爷正想询问，突然传来娜日迈公主的叫喊声："把这两个也给我挖开。"

她指的竟然是那两个最大的坟。

郡守为难了，脸色霎时变得死灰。

"挖开！"公主命令道。

那些山民看着主官，主官点点头。

几个山民一会儿就挖了一个坑，竟然什么也没有，是一座空坟。

"我就知道你们骗我，搞个空坟来骗我？哈哈！你们都给我听着：十二王爷我不知道，但是，驸马他死不了。他就在这片山里藏着呢！你们就是不愿给我找，就是想骗我！还弄这么大的排场，累不累呢！自己骗自己吧！"

面对这尴尬的场面，所有人都无语了，西哈亲王也不知道应当怎样来收拾这个局面。

"公主救救我，王爷救救我！我知道，我什么都知道！"

这是一个元朝人的声音，从平台上那群念经和尚里传出来的。只见一个和尚从僧人堆里跑了出来，因为距离太近，也没人来得及拦他。那和尚跑到公主面前，一下子扑倒在地，痛哭起来："真把您盼来了！我有救了！"

所有人都陷入迷茫和震惊之中。

片刻之后，王爷问道："你慢慢说，什么情况？"

和尚三言两语就把他知道的所有事情和盘托出。

气氛霎时紧张起来，空气仿佛凝固了，一股杀气油然而生，西哈亲王已经站不住了，达可赶紧扶住小美，已经有人手握刀柄了。

王爷："好！你跟我走。公主，亲王，找到就好，大家先别急，咱们回去弄清情况，再作商议。"

王爷牵着和尚的手，率领所有人回府。

张德谦不禁惊叹："我这梦圆得也太神了吧……"

（三）

回到郡府，和顺王爷立即在大堂组织调查，参加的有娜日迈公主、西哈亲王和庆姑娘，乌海、张德谦、达可和小美以及边镇主官。

和顺王爷问和尚："十二王爷在哪里？"

和尚："起初躲在镇上的一座寺庙，后来让给我了，他自己去别的地方了。"

"走，咱们去看看。"

众人来到十二王爷曾经住过的地方，那座寺庙，那间房。

王爷："你说这原本是十二王爷的，你杀了人，没地方躲，就占了十二王爷这个屋。那十二王爷他一个残疾人，到哪儿遮风避雨呢？"

和尚回答不了这个问题，这的确也触到了他的痛处。

"你说你见过驸马，他在一个寨子里，是哪一个寨子呀？"王爷问。

"寨名我不知道，但我知道寨主是个女的。地方大概就在那座山里。"和尚说。

"你说什么？寨主是个女的，是个什么样的女人，多大岁数了，长得怎么样？"公主听到这儿急了。

"是个挺漂亮的女孩，二十岁上下，经常到我们杂货店买东西，和驸马一起来，我看她对驸马有点儿意思。"和尚说。

"我说什么来着，我说什么来着，人死不了吧，就是叫狐狸精给迷上了。赶紧去找人，别在这儿和他啰唆了。"公主着急了。

"你准备一下，今天晚上你带路去这个寨子，找着了，你是头功。"和顺王爷说。

（四）

山花痛苦地在床上打滚，喊爹叫娘，从中午到天黑就是生不下孩子。

眼瞅着，山花要不行了。

"孩子他爹呢，孩子他爹在哪儿？赶快叫他过来。"稳婆说。

此时，赵天俊和蒙尘正在后山上的一个洞里谈道呢。

"那你去叫吧，赶快叫赵先生过来，就说，寨主快不行了。"一个老一点的女人对另一个年轻的女孩儿说。

那个女孩儿马上跑出去了。

很快，赵天俊就跑了进来，他惊慌地跑到山花身旁，紧紧地握着山花的手，安慰她不要害怕，再努把力。

看到赵天俊的到来，山花一下子就流出了眼泪，也恰恰就是这点劲儿，瞬间就把孩子生下来了。

婴儿的啼哭声，给房间里带来了欢乐。

"是个男孩。是个大胖小子，长得可真精神啊。"

大家都很高兴，有的给赵先生道喜，有的抱着孩子，让山花看。

山花抱着孩子，激动得眼泪都流出来了。

今夜，赵天俊没有再回到山洞里，他在旁边照顾着山花。

"别光顾着傻笑，给孩子起个名儿吧。"山花说。

"和平，就叫赵和平吧，我们是在战争中相遇的，真的不想有战争，和和平平的该有多好。"赵天俊说着，情不自禁地流下了眼泪。

"怎么还掉眼泪了，不是该高兴吗？做首诗吧，刚生了这个儿子，为他做首诗吧。"山花说。

赵天俊信口咏道：

> 晨观寒林满雪香，
>
> 忽惊游子恋他乡。
>
> 山花寂寂枝空白，
>
> 杨柳依依叶故黄。
>
> 万里风云来震泽，
>
> 一宵飞梦抱朝阳。
>
> 虔南越北论天道，
>
> 从此和平第梓桑。

"和平就和平吧，什么叫第梓桑呢？"山花问。

"第梓桑就是让咱们的孩子一代代在和平中生活。这是我这个当爹的最大愿望。"赵天俊说。

拂晓，天蒙蒙亮了，在浓雾中一辆马车来到了寨前的山门。

"什么人，做什么来了？"守山门的人问道。

"山下杂货店的，是给寨子里送盐巴的。前几日，你们有人下山捎话，说寨子里要盐巴，要我们早点送过来，我们连夜就赶过来了。"赶车的人说。

"等着，下来开寨门了。"守门人说。

寨门打开了，守门人站在门边，赶车人靠近他，一刀扎了过去。守门人闷哼一声，旋即倒在地上抽搐不止，鲜血从胸口的窟窿中喷射而出。

一声哨响，隐藏在后面的几百人迅速冲进来，直奔寨主的竹楼。

（五）

数百把火炬熊熊燃烧，把山林古寨照得通红，令人胆战心惊。

一队队官兵飞速奔跑，挨家挨户地搜索，鸡鸣狗吠，山民四散而逃，有的试图钻进竹林树丛，又被官兵抓了回来。

山花和赵天俊站在窗口，看着这突如其来的灾难，惊得目瞪口呆，说不出话，婴儿突然啼哭，使人的心情更加沉重。

赵天俊走过去从摇篮中抱起婴儿，轻轻拍打，他把脸贴向孩子，低声吟读："从此和平第梓桑，从此和平第梓桑……"

山花一下子坐在了床沿上，她不知道来的是什么人，也不知道他们为何而来，她以为是自己的某个仇人来报仇，或者是哪个国家的山贼来劫掠，今天这场劫难真的轮到自己头上了。

她惊恐、颤抖地试图拿起自己的那把弯刀，准备和强盗拼命，无论如何，她都要保护自己的"人参"和孩子。

"赵天俊！你出来！看看我是谁！我们来救你了，赶快出来吧！"娜日迈公主在楼前大声叫喊着。

在她心中，军队战败，驸马被抓，藏匿匪窝，隐姓埋名，备受煎熬，度日如年，痛不欲生的赵天俊……在遭遇了如此劫难之后，自己万里救夫，天降福瑞，这小子听到她的声音，早该从楼上飞奔而下，扑进自己的怀抱，感激涕零。怎么半天没有个回音？除非他被妖怪施了法术，做了手脚。

赵天俊走到窗边，藏着身子往外看——不错，的确是娜日迈公主在喊叫，还有和顺、乌海、张德谦，其他人他就不认识了。还真行，他们竟然从十万八千里之外漂洋过海，翻山越岭，跑到这荒山老林里来。他不怀疑娜日迈对自己的感情，也知道自己的价值，只是他一直不愿意面对罢了。

他本以为自己可以彻底告别过去，曾经的大元驸马已经成为战场中的一具无名尸体，自己再也不用对过去负责。

可是他显然错了，他永远都是那个赵驸马，无论他愿不愿意，他都是那个大元王朝的旗帜。就算他厌恶战争，他身后所有渴望杀戮、渴望征伐、渴望权力的力量都会竭尽全力地挥舞着让他一次次走向战场。他的前妻娜日迈公主，出家前的十二王爷，还有逃过一劫的哑巴，他们都是如此。如今，寨下的火炬和士兵再一次说明了这一切。他这才明白，自己早就成了罪人，他无法逃避。没有人应该遭受这样的痛苦，至少，自己的妻儿不应该遭受这样的痛苦。

"你认识他们？"山花惊奇地问。

赵天俊点点头。

"他们是什么人？你怎么认识这些人？"山花问。

赵天俊没有回答。

"他们是坏人吗？你和他们有仇？"

"没有，我和他们是……"

"是什么？他们为什么找你，他们想干什么？"山花的问题很简单，可是赵天俊一句话都说不出来。

"楼里的人听好喽，把赵天俊放出来，跟我们走，保你们平安无事……"娜日迈公主继续喊叫。

她的确也只是想带走赵天俊，不想杀那么多人，这破地方，也没有什么值得她想要的，她干吗要杀人？但是他们要不放人，那可另说了。

"她为什么要带走你，你是我的！我不给！你给我待好了，不管出啥事，你都不许出来。"说着，赵天俊一把没抓住，山花竟提着腰刀冲下楼去。

"你们是什么人，你们凭什么来抢人？"山花理直气壮地问道。

突然从楼里蹿出来一个提着刀的女人冲到自己面前，吓了娜日迈公主一跳，她往后倒退几步。

同时，也吓了所有官兵一跳，他们赶快持刀上前，保护住公主。

"你问我是谁，我还想问问你是谁呢？你是谁，报个名字给老娘听听。"公主说。

"你先说！"

"你先说！"

"哼，说就说，我是这个寨子的寨主，我叫山花。"

"哼，还山花呢，我看你就是一个狗尾巴草。听好喽，本人乃大元开国皇帝忽必烈的孙女、当朝皇帝铁穆耳的妹妹，大元公主娜日迈。"公主也报了名号。

"你别拿大元公主吓唬人，这里不归大元管，你到这儿撒泼就不行。你们这些兵是真腊的吧，怎么帮元人？你们在这儿打仗，是谁给你们送粮食救伤员呢……"山花还真能说。

"你别给我胡搅蛮缠，我也不是来和真腊打仗的。你把赵天俊给我，我立马走人。"

"我凭什么给你，你赢得了我这把刀？"

"哎，还真敢撒野，你这个野妞，也不打听你老娘是谁，老娘玩刀时，你还不知道在哪儿呢。看刀！"两人噼里啪啦打起来了。

就在这时，一个人横在了二人中间，两个女人同时收刀，一个叫"我的驸马"，一个喊"我的冤家"。

两个女人同时愣住了。

自从和尚说驸马还活着，张德谦就一直在琢磨，这离卦的关键在母牛，母牛若是柔顺，结局可是吉，如果不柔顺，必是离，现在看，这两个女人都够凶的，二女争夫，结局可大大不妙啊！他突然想起湄公河那个和尚也卜了一卦，还写了首诗，不知道写的什么，他很想看看，在达可手里，事后一定要看一下。他转头看了一眼达可，只见他和小美紧张地握着手，眼睛眨都不眨地盯着前方。

再看和顺王爷、乌海大人，平静地观看着，并没有准备出手的意思。是啊，清官难断家务事，虎项金铃谁来解，解铃还须系铃人。

"他是我的男人！"

"他是我的！

"你知道他是谁吗？我告诉你吧，他是大元朝的驸马，十年前就是我的人了！今天，你给也得给，不给也得给！西哈亲王，你主持公道，给句痛快话！你和国王一直和我玩捉迷藏，还给我造假坟，今儿个人我找着了，你给，咱们还是亲家，你要是不给，庆格尔泰，你知道该怎么办？庆姑娘我收回，不给你了，不仅不给你，我还亲自领兵，灭了你们真腊。今天你让我把这个人带出这个寨子，什么事没有；不然的话，我先杀了这些人，烧了这些房，灭了这个寨子。"

还真是个驸马，自己没有看错人。当山花知道他是个驸马的时候，就已经知道自己输了，自己也赢了。她瘫坐在地上，不再抬头看一眼。她突然想起那首诗，那最后一句话：从此和平第梓桑。要和平，要梓桑传承，这是属于她的。突然，她坐在地上哈哈大笑。

西哈亲王不知所措，他双手合十，向赵天俊驸马连连作揖。他希望赵驸马能够顾全大局，处理家事，不要累及无辜，连累真腊。其实，这也正是和顺王爷的想法，如若处理不好，这次真腊使命也至此报销，今后不知要死多少人。

赵天俊不知道这支大元使团背负着怎样的使命，可是他清楚自己身为赵驸马，已经别无选择。不过，他希望自己这次至少能够做个好人，即使这样的代价是让山花失去丈夫，让自己的儿子刚刚出生就失去爸爸。

赵天俊很愧疚，可是他已经下定了决心。

"你说话算话，这是我们三个人的事情，与其他任何人无关。我跟你走，走出寨门，你就收兵，放过寨子。"赵天俊挺直腰板，问娜日迈公主。

那一瞬间，原来那个威风堂堂的大元驸马回来了，公主心中窃喜。

"是的，你跟我走，出了这个寨门，我就收兵。"

"放过寨子，不打真腊！"赵天俊又强调。

"你们所有人听好了，我大元公主娜日迈郑重承诺：今天，驸马赵天俊跟我走，出了这个寨门，新仇旧怨一笔勾销。我决不会杀一个人，不会灭这个寨子。我起誓。"

赵天俊看着山花，眼眶中满是泪水："我去了，谢谢你的救命之恩，和平比什么都重要，为了第梓桑，都是我不好！连累了你，我走了。"

山花没有抬头。

蒙尘在后山的山坡上看着这一切。

一路上，赵天俊默不作声。没人敢惊扰他，毕竟他们都亲眼见证了刚刚发生的一切。可正是这样，赵天俊自始至终都不会想到，这个使团竟然是为了和平而来！他怎么可能看得出来呢？

驸马失魂落魄地耷拉在马背上，任随着大部队下山，曾经熟悉的山寨如今面目全非。

暴行的震慑远比暴行本身更恐怖，就算它并未真正发生。士兵是顾不上礼节的，更何况是在安南地区的偏僻山寨中，这些从王宫来的士兵与这里的山民本就心存芥蒂。在所谓的搜查过后，到处已是一片凋敝。

往常在这个时辰，山路上已经热闹了起来，可现在只剩下一片死寂。屋舍破败，房门坍塌，有的屋顶还在燃烧。四下无人，只有一些日用物什散落一地，扁担、草鞋、衣服随处可见。路边的草丛里，一条拖着断腿的狗轻声呜咽着。赵天俊心如死灰。

又下了一段山路，风声渐渐小了，赵天俊隐隐听见抽泣的声音。听得出来，这个人正捂着自己的嘴巴，生怕被外面的士兵听见。赵天俊回过头去，在一座棚屋门后浓郁的黑暗中，他看见了一双眼睛，这双眼睛与他儿子的双眼是如此相像！这也是一个孩子，他躲在门框后朝外窥视，双手瑟瑟发抖。发现赵天俊在盯着他后，孩子马上消失在黑暗中。

与公主相见时，赵天俊心中就逐渐产生了一个绝望的想法，而这番景象更是让这个想法坚如磐石。现在，他已经相信，娜日迈公主刚才的说辞不过是逢场作戏而已。哪有放过寨子？战斗已经结束了，早在公主来到楼下喊话之前，这个寨子就已经被元朝军队彻底击溃，不声不响，先斩后奏。他们只要驸马活着，至于其他人的性命，根本不会在意。更可悲的是，出了这个山寨，他还会看到什么？尸横遍野的真腊土地上飘荡着战旗吗？他想起那个哑巴，如今他就跟在大部队的后面，他的计划终究还是成功了，他魂牵梦萦的外援已经借着救援驸马的旗号打进了真腊，甚至连公主和王爷都已经来到此处。他们身边还跟着的那些真腊人，要不就是战俘，要不就是降敌。走出这座山，迎接他的或许就是大元的军队。

赵天俊永远不会知道，是大元主动派出的使团通过和平外交的方式把他接了出来，他看不见，驸马自己已经先给大元下定了判决。

山门大开，守门人的尸体横在门前，地上乌泱泱一摊血迹已经开始发黑。士兵引着马从尸体上径直跨了过去，像跨过一丛杂草。

可是赵天俊认识这具蜷缩成一团的尸体，他认识他，虽然从来不知晓他的姓名。每次出门前，这个守门人都会笑着对他招手。如今守门人的手已经僵直了，如同树根。他凝望这血泊，胯下的瘦马缓缓迈步，一刹那间，他透过血泊的倒影看到了自己，也看到了整个世界：天空是黑色的，殷红的山石如同腐肉般溃烂，两旁的人马变成了骷髅，他的脸，他没有脸，背上斜插着一把战旗，脖子上只有一个巨大的黑洞。那个黑洞露出旋涡状的利齿，一切都将被吞进去，他的妻子，他的孩子，无数的生命，一切……

马队的人举着火把前行，在转弯处，达可惊愕地看到一团火，不，是一匹马冲下了万丈山崖——那是赵天俊。

赵天俊跳下山崖这一刻，所有人都骇住了。娜日迈公主惨叫一声，当场昏厥。

蒙尘闭上了双眼，双手合十。

谁也没有注意到，那个元朝和尚悄悄离开了众人，消失在山林深处。

第十七章

公主"疯"了

（一）

　　使团从边境回吴哥只用了五天的时间，这是一条直通吴哥的官道，不用穿过原始森林，也不用走湄公河、洞里萨湖水系，因此就快了很多，当然这一选择都是为了救娜日迈公主的命。

　　当看到驸马赵天俊纵马飞身跃入万丈深渊，娜日迈公主骇得从马上跌落在地，当场昏死过去。如果当时是被吓坏了，那么，接下来，娜日迈公主的创伤则更多是受到了心灵上的震撼和刺激。驸马赵天俊宁可去赴死，也不愿随她回家，这是她做梦也想不到，更无法理解的事情。

　　这究竟是为什么？她一个堂堂的大元公主，难道就如此不堪，连个异国他乡的村姑都不如？她万里迢迢漂洋过海、历经九死一生来救她，他不仅不感激涕零，反倒以死示威。这使她的心理蒙受了奇耻大辱，把她的自尊打得粉碎。如果说驸马是肉体上死了，那么自己则是灵魂上被打入十八层地狱，脸面上被写满了羞耻，她自觉已经成为天底下最悲惨的人，让任何生灵都看不起。从那一刻起，她再也不想睁开眼睛去面对世界。

她无法理解，也不想理解，赵天俊的良心被狗吃了。她恨那个死去的驸马，她恨所有见到、知道这件事的人。她恨此行，她恨真腊，这一切都是真腊带给她的，这些无耻小人，一而再地欺骗自己，设了局让自己往里面跳。好好的路不走，让自己钻原始森林，把高娃也害死了，把庆姑娘也骗走了，还造了这么多的假坟来骗她。她不理解，他们为什么要这样做，要破坏她的家庭还是两国关系。从边境回吴哥的路上，她始终没有睁开眼睛，她不愿面对自己，也不愿面对任何人。恐惧已经过去，她心中充满了仇恨，口中喃喃有词，人们弄不懂她在说些什么，只能听见哑哑的响声，好像是"杀杀杀杀……"。

大家对她避之唯恐不及，公主疯了！

（二）

使团带着一连串离奇的故事和疯了的公主回到吴哥，真腊国王也气疯了。国王先是把宰相狠狠地骂了一顿，接下来命令，必须不惜一切代价，尽快治好公主的病，为实现两国关系友好、缔结合约创造条件。

经过一段时间孔大夫的调理和庆姑娘无微不至的照顾，公主的精神逐步稳定，睁开了眼睛，开始说话，但是她的心扉是关闭的，她的眼神是冷漠的。和顺王爷和洪宰相问孔大夫，公主恢复正常还要多少时间。孔大夫说，肉体的病好治，内心的创伤难医，这段时间绝对不能刺激她。

公主的病情对使团的影响非常大，不仅仅牵扯到了大家的精力，影响到了大家的情绪，更重要的是对使团完成和平访问的使命影响巨大。因为公主是使团统领，所有决定没有她的同意，和顺王爷很难单独决断。公主目前处于敌对与仇恨之中，元朝使团与真腊之间的各种活动因此都无法继续进行，也影响到了真腊国王的情绪。

为此，使团和真腊双方达成共识，必须化解矛盾，治愈公主，恢复正常状态，才能深入进行正常工作。

双方商定，由和顺王爷、西哈亲王、洪宰相、达可、小美、庆王妃、孔大夫、张公公组成小组，全权负责公主治病的一切事宜，尽可能满足她的所有要求。对公主的病情必须同情、关心、保护、治疗，达到尽快康复的目标。

从边境回来之后，深受刺激的公主不仅厌世，动不动就说要自杀、要跟着驸马走，而且她认定驸马是被真腊人害死的，满心想着复仇。

这天，和顺王爷正在驿馆组织大家研究和谈的事情，真腊洪宰相及其随从也在。

突然，庆姑娘和小美慌慌张张地跑进了屋："不好了，不好了……"

见庆格尔泰王妃慌慌张张的样子，和顺王爷问："别急，慢慢说，什么不好了？"

"她突然打算参观托玛依神庙。要是真的是这样就好了，可明摆着她心里还有别的念头。如果公主一时想不开，对真腊的寺庙下手，这可使不得啊！可是她也没说什么，我们又不能拦着她。"庆姑娘紧张得有点语无伦次。

和顺王爷听得有点云里雾里："这里毕竟是真腊，公主到底想要干什么？"

"是这样的，"小美继续说，"今天上午我们带公主出去散心，经过托玛依神庙时，公主突然说，这庙要是毁了就好了。这可怎么办啊？"

和顺王爷说："这可使不得！再怎么样，也不能把神庙给毁了！"

大家都愁眉苦脸，一筹莫展，不知如何是好。

沉默许久，达可突然站了起来，众人的目光都齐刷刷地看向了他，他说："这样吧，这件事儿交给我们来处理，我们先研究一下，拿出一个办法来，再向你们汇报。洪宰相，你得借一个人给我用用。"

洪宰相一时还想不明白："想借哪个人？哪个人都可以。"

达可："就是上次在压猎节上表演偷天换日的那个宾阿伽，我要借用这个人，和我们一起来办这件事儿。"

征得了宰相的同意后，达可转过来对小美说："你先了解一下这个宾阿伽是哪个寺的，他住在哪里，咱们下午就到他的寺庙，去找他一起商量。另外，孔大夫和庆王妃也要参加。"

小美赞赏地看着达可，点点头。她果然没有错看他，几个月前还手足无措的达可，现在已经能独当一面了，甚至在如此危急的时刻，他竟然成为两个国家之间最大的希望。看着站在众人面前镇定自若的达可，小美又是喜欢，又是骄傲。

下午，达可和小美来到了宾阿伽的住处，参观之后，达可更有信心了。

让达可没想到的是，宾阿伽是一个四十多岁的人，中等身材，相貌英俊，多才多艺，善于谈吐。他对达可说，这件事好办，但是需要几个人的配合，他先想一个方案，然后和众人商量。

（三）

经过宾阿伽的认真准备，一个保护神庙的方案出来了。公主治疗小组暂时不敢将此事上报国王。要是让国王发现神庙有可能遭到公主的破坏，他们的所有努力就付诸东流了。

治疗小组交由达可、宾阿伽负责处理，方案无须再讨论，保密为要。所需一切保证，由庆王妃和洪美莎哈联络官协调。

这一日上午，阳光明媚，蓝天白云。庆格尔泰、张公公服侍公主吃了波罗蜜甜汁和榴梿蛋糕，孔大夫号了脉，做了头颈按摩之后，公主提出要重游托玛侬神庙。

站在神庙门口，达可引着公主向里面走，小美在一旁介绍道："托玛侬神庙建造者是伟大的苏利耶跋摩二世，距今约有两百年历史。这是一座平地式的神庙。沿着以王宫正面为起点的主要道路一直东行，可以看到道路两旁各有一座大概同等规模的小寺院，南北相向而建。北部是托玛侬神庙，南侧是周萨神庙。"

公主："很好！这个周萨神庙是不是也这么威风？我倒是也想去见识见识。"

小美狠狠地瞪了一眼达可。

公主慢悠悠地在托玛侬神庙周围晃了一圈，端详着墙壁上的石塑，好像在和墙上的那些人偶告别。达可和小美跟在后头，那叫一个心惊胆战，幸好什么事情也没有发生。

走出托玛侬神庙，达可咽了一口唾沫，说："公主觉得怎样？"

公主："你叫达可，当然可以啊。我们晚上继续，听了你的介绍，神庙我还没看够呢。"

（四）

当天日落后，众人随娜日迈公主又坐车前往托玛侬神庙和周萨神庙。

上车后，达可问孔大夫："用药了吗？"

孔大夫："用了，放在波罗蜜鲜果汁里了。"

张公公："不知道公主什么时候迷上波罗蜜和榴梿了，天天吃。"

孔大夫："入乡随俗嘛，确实很好吃，我现在每天也想吃，对健康也有好处。"

张公公："你瞒天过海把药也混进去了？"

达可："你给她用的是什么药啊？"

孔大夫："要是在国内，最好的是逍遥散：柴胡、当归、白芍、白术、茯苓、生姜、薄荷、炙甘草。作汤剂煎服，可以疏肝解郁，健脾和营。第二个方子是《伤寒论》里的，有十二味药：柴胡、龙骨、黄芩、生姜、铅丹、人参、桂枝（去皮）、茯苓、半夏、大黄、牡蛎、大枣。可和解清热，镇惊安神。第三个方子简单：炙甘草、小麦、大枣五枚。以上三味加水适量，小火煎煮，取煎液二次，混匀，早晚温服。本方有养心安神、补脾和中之效。"

说到这儿，孔大夫大笑。

达可说："这是真才实学啊！不像我，只知道皮毛的东西。"

张公公："您这可是真功夫，回去进大内当御医得了。"

孔大夫："饶了我吧，我可不去，伴君如伴虎，费力不讨好。"

快到目的地的时候，达可又开始给公主介绍说："托玛侬神庙和周萨神庙，都是两百年前伟大的苏利耶跋摩二世修建的平地式印度教神庙。沿着王宫正面为起点的主要道路一直东行，可以看到道路两旁各有一座大概同等规模的神庙——"

"闭嘴！"公主听得不耐烦了。

达可不敢吱声了。他之所以这么啰唆，只是想让公主听了，知道这些庙宇很珍贵，不要有什么非分之想。

众人站在周萨神庙的阴影下眺望夜空，月暗星稀，伸手不见五指，寺庙被包裹在浓郁的黑暗之中。公主安静地伫立在原地，好像陶醉了一般，一句话也不说，达可的心渐渐落了下来。

突然，黑暗中有什么东西一闪而过，只听见公主大喝一声，远处一座石像应声倒地。

众人惊呆了，公主却哈哈大笑起来。她扬起手又是一挥，达可看见一件利器在刹那间从公主的手中闪出，头顶传来了石块迸裂的声音，像是一声痛苦的呻吟。

小美最先反应过来，试图攀住公主的手，达可看着她冲向前去，公主只是动了一动，小美就一个趔趄弹了回去，差点跌倒在地。然后，公主又是一个转身，一块闪着月光的金属又从公主身上飞出，正中神庙的门柱。

众人都反应过来了，此起彼伏地呼喊着"公主"，把她团团围住，求她停手。公主异常敏捷地冲破重围，拾起地上的落石，跪在地上，对着神庙的台阶、门槛和墙上的雕刻就是一通乱砸。她抡起胳膊，落下，抡起，落下，笑声随着咚咚的撞击变得嘶哑，好像在号叫，又好像在啜泣。

"把驸马还给我，"公主每砸一下就嘶吼一声，"把驸马还给我！"

后来，众人只能听见粗重的呼吸声，石块与石块撞击的声音越来越轻，众人心惊胆战地围住公主，只见她蜷缩在破碎的墙角，头发上的石屑闪闪发光，身体一颤一颤地喘着粗气。

公主抬起头看看四周的众人，眼神空洞，随后玩笑似的举起空空的手掌，又在原地痴痴笑着。

大家赶忙把公主扶起来，往马车的方向送过去。公主也不反抗，随众人领着。从寺庙到马车旁不过百米，达可却感觉这段路如同没有尽头。

众人上车后，御马轻轻地打了个响鼻，迈开脚步，踢踢踏踏地载着疲惫的乘客远去。寂静的苍穹下，周萨神庙发出了清脆的响声，一块墙体随之轰然倒塌。

第十八章

会 见 国 王

（一）

和顺王爷、西哈亲王、洪宰相以及使团成员正在一起讨论双方签署访问公报的事宜，达可、小美一脸愁容地进来了。

他们说，公主才在庙里发泄完，现在又怕是起别的心思了！

大家不甚明白。

小美说："公主铁了心想要见国王！"

所有的人都面面相觑，边议论，边摇头。

大家都知道，现在公主把真腊视为仇人，以她现在的精神状态与国王会面，到时候会发生什么，谁都说不准。可是，现在的公主动不动就以死相逼，要是她在真腊真的有个三长两短，真腊怎么能够招架得住元朝的怒火？所以，除了硬着头皮安排这场会面，大家一点办法也没有了。

议程很快就安排妥当了，会面就安排在真腊国王的金宫内。

这天早晨，众人在马车前等候娜日迈公主到来。今天的公主一反常态，完全换成了大元女高手的装束。只见她身套黑丝紧身长袖扣腕上装，下身穿深紫缎绒贴身长裤，脚蹬纯鹿皮翻毛长筒靴，脖子上绕着黑绸带，头顶黑纱包头船形帽。

达可心中一紧——这是戎装！虽然没有看见公主携带任何兵器，而且在进宫前也会搜身，可是，达可还是隐隐感觉有点不对劲。

马车很快就停在了金宫门口，众人卸下武装后，金宫贴金的大门缓缓开启，达可低头跟着娜日迈公主走进宫内，心中忐忑万分。

国王笑盈盈地张开双臂迎接众人，好像根本不知道那个晚上神庙里发生了什么。

宫殿中央早就摆好一张大台，国王吩咐左右将众人各自引向两旁的座位，而公主径直走到国王对面就座。

国王刚想开口，脸上的笑容就僵住了。

一把锋利的刀已经放到了台面正中央。

所有的人都吓了一跳，不知道这把刀是怎么变出来的。

原来，公主腰上的束腰就是一把纯金软刀，中间的腰环就是把手。柄上有一个按扣，只要轻轻一按，刀柄在手，利刃会如同软蛇飞速弹出，对手还没有反应，利刃已经切断了对手血脉，而刀上绝对没有一丝痕迹。此兵器天下无双，仅此一件，超过所有宝刀。

左右护卫握紧了刀柄。国王举起手，示意左右护卫不要轻举妄动。达可看到王爷的脸色变得铁青。

公主的手又伸出来了，达可听见刹那间左右侍卫手中的兵器铮铮作响，可是公主只是轻轻一弹，只见台上的利刃无声地滑到了国王的面前，刀柄对着国王，刃尖指向公主自己。

"我不是来惹事的，"公主低下头，声音出乎意料地柔弱，"我只是想见到我的驸马，你是真腊的国王，你不能不答应我……"

说罢，公主放声痛哭。

身旁，孔大夫的心一下子放了下来。这块石头压在公主心中太久了，也太沉了，一般人早扛不住了。这一哭，该去的去了，该来的来了。早该好好哭哭了。

只见国王捏住桌上的利刃，把刀柄重新塞到公主的手中，又将她的五指合拢，郑重其事地说："我以真腊的名义发誓，我答应你。"

（二）

两天后的一个夜晚，公主来到神庙门前，惊讶得合不拢嘴。这里恢复如初，丝毫没有被破坏的痕迹。王爷和宰相一众走上前来，纷纷向娜日迈公主行礼，祝贺她身体痊愈。

公主说："少来，这是怎么回事？还有，为什么说在这里可以见到驸马？"

这时，宾阿伽从阴影里走了出来。

大家都笑了起来。

宾阿伽说："仍然是偷天换日，只不过它变成了神庙。人们有一双眼睛，便认为眼睛看到的东西注定是真的，所以人的心理屈服于眼睛。我们要做的就是用偷换的方法，让你把真的看成是假的，把假的看成是真的。我们怕公主要毁庙，就在白天让公主看到的庙全是真的，没有一个是假的，因为白天人来人往，在这样的场合，我们相信公主肯定不会伤人。到了晚上，庙就不是原来的庙了，所以任公主发挥。大家只需要稍微配合一些，就会以假乱真。下面，让我还原一下公主当时看到的场景——"

张公公赶着马车进到了大家身边，达可领着亲王、宰相、和顺王爷上了马车，颠簸了一会儿，宾阿伽让众人从马车窗帘中看出去，只见两座神庙在夜晚的苍穹下现身,那天夜晚的残垣断壁又出现了。

突然,现场亮起了万盏宫灯,月光、星光同时射进来,在大家面前,呈现出了一个极其震撼、美丽而又不可思议的场景,犹如站在高山之巅俯视着吴哥。不仅有两座寺庙,眼前出现了几百座寺庙的模型、吴哥城的市井建筑,无数的人流进进出出。此时,模型中烟花四起,更加增添了喜庆祥和的气氛。

公主惊讶地看着:"这个地方有多大面积?"

宰相:"比国王宫广场要大。"

宾阿伽补充道:"这个地方有三百多年的历史了,它和吴哥年龄一样,自从建吴哥开始就有了。我的老祖宗就是建吴哥城的设计师,包括吴哥所有的宫廷庙宇,无一不是我的祖先参与建设。他们设计一个,就留下一个模型,全都在这里了。"

众人都笑了起来。

宾阿伽:"不过,大家都知道,公主想见的不是这个。不过,公主放心,我可以满足你的愿望。"

公主哽咽了:"你的意思是,我真的可以见到驸马吗?"

"驸马他已经回来了。"一旁的庆王妃轻声道。

(三)

数天前。

西哈亲王只觉得身边的人策马朝他撞过来,他赶紧勒马躲闪那人。只见那人冲过他的马头,向着万丈深渊冲了下去,坠下了悬崖。

这惨剧就发生在他的眼前,使他魂飞天外,听到耳边传来娜日迈公主的一声惨叫,他就跌下马来。庆王妃拼命地呼喊着,他才反应过来是怎么一回事:原来是驸马赵天俊跳崖自杀了,娜日迈公主见状受到刺激惊吓昏厥过去。

西哈亲王和和顺王爷商量了一下,让大多数人走近路护送公主返回吴哥,他留下来一天，寻找跳崖人的下落，处理后事。他把郡守找来，吩咐他立即找几个山里人下去探明究竟，活要见人，死要见尸。如果人已经死了，一定要把尸体抬上来，他就在上面等着。

到了下午，下去探查的人来报，说人和马都摔死了。西哈亲王明令将赵天俊的尸体运上来。一直到深夜，才把赵天俊尸体拖到山上。

由于赵天俊已经和当地的女寨主山花成婚，所以郡守找到山花，把赵天俊跳崖的事情和她说了。山花自然是痛不欲生。人死不能复活，西哈亲王和郡守、山花一起商量，按照当地的风俗将赵天俊进行了火葬。由于急着离开，西哈亲王命令郡守亲自督办赵天俊的后事，火葬之后，拣两块大的尸骨，用上好的坛子装起来，直接送到吴哥，交给他本人。西哈亲王知道，在真腊的丧葬礼仪中有阿伽通过尸骨进行招魂的风俗，他办这件事正是做一个准备，没想到真的用上了。

此事，西哈亲王也对庆王妃讲过，当时她还不信，现在果然是为公主办了一件大事。

之后，西哈亲王让庆姑娘和达可一起，把此物交给了宾阿伽，准备安排隆重的葬礼和招魂见面仪式。

第十九章

共 同 家 园

（一）

娜日迈公主在周萨神庙为赵天俊举行了隆重的葬礼。使团主要成员和真腊贵族都来参加了送葬仪式。

和尚在诵经，为死者超度亡魂。

在寺庙的一个小房间里，宾阿伽为娜日迈公主专门安排了与赵天俊灵魂见面的活动场所。

娜日迈公主、庆姑娘、达可一起，代表亲属们把西哈亲王送来的赵天俊剩下的遗骨冲洗干净。洗干净的骨头放在娜日迈的围巾里，大家摇着骨头，好像摇着即将重生的婴儿。宾阿伽带着三人，扛着"灵魂之布"围着骨头坛逆时针转三圈。宾阿伽用泥土在骨头上做成一个人形，做好后在上面盖上一块芭蕉叶，芭蕉叶面朝下。之后，宾阿伽让庆姑娘和达可离开。宾阿伽独自诵经。

没过多久，娜日迈公主进入梦境，她看到驸马飘然而至，来到面前。

公主先打招呼："来了。"

驸马："你早来了。"

看到他还是穿着那套真腊山民的粗布衣裳，公主心疼地说："穿得太少了吧，那边冷吗？多穿些。"

是啊，自从她认识他以来，他就从来没有穿过这么粗制的服装。她想起了第一次见到他的场景：一个年轻帅气的小秀才，身着朴素的长衫，挥斥方遒，指点江山。他什么时候变成了一个农民，这让她很不习惯。

公主："你真傻，怎么可以……"

驸马："一了百了，我辜负你了。"

公主："说什么呢？要知道是这样，我也后悔跑这样远来找你，唉，千不该万不该，还是不该放你出来，结果害了你。"

驸马："兵者，凶器也。"

公主："什么凶器？不过是镀个金，又不是让你去真打。"

驸马："我是没有打，可是这支军队呢？能出淤泥而不染吗？能处危境而独生吗？不可能独善其身，无论怎样，我自己知道，我是来杀人的，是恶魔，攻人国土，毁人家园，杀人父兄，夺人财富……我就是一个恶魔，来到这里，我也无法洗清，无处藏身。"

公主："他们知道？"

驸马："当然，这是一个透明的地方，过去你都做了什么？善的、恶的、好的、坏的、利他、利己……各有因果。"

公主："那你学的那些东西呢？你是一个读书人出身啊！"

驸马："一无所有，如同虚幻，如同泡影。"

公主："为什么？那不是你苦苦学来的吗？"

驸马："那不是你的，是别人的，或者说是本来就存在的，是上苍给苍生赖以生存的条件，它本来就不属于你自己的。你学习、你研究是为了什么呢？是上苍让你更好地造福于苍生，而你获得这一切是为了虚荣、为了自己的贪婪、为了破坏、为了杀戮，上苍能原谅你吗？不会的！如果你能够把学来的东西用于加倍造福苍生，你就会加倍获得善的回报，反之，就是加倍恶的回报。"

公主："恶的回报怎么样，善的回报又如何？"

驸马："渐行渐远，虚度浮华。"

公主："太玄了……"

"无我。天将降大任于是人也，必先苦其心志，劳其筋骨，饿其体肤，空乏其身，这是一个过程，如果不能做到行拂乱其所为，所以动心忍性，又何来增益其所不能呢？生于忧患，而死于安乐。"

公主："你这样说，我多少懂得一些。你是想告诉我，放下……来得及吗？"

"当然。"

他笑了一笑。

公主："谢谢你的箴言，你还有什么想对我说的吗？"

驸马："无我，我无。"

公主："我还能再见到你吗？"

驸马指指心："无时不在，无处不在，同心则同在……"他飘然而去，渐行渐远。

公主醒了过来："走了，他走了。"

宾阿伽问："遗骨安葬于何处？"

公主让达可先拿回驿馆，择日再进行处理。

（二）

宾阿伽的"微型吴哥城"已经成了"共同家园"，无论是国王、西哈亲王和宰相，还是娜日迈公主、和顺王爷、庆王妃、达可和小美，包括恩立金和张德谦，有事没事都喜欢来这里待着。他们转转看看，和宾阿伽聊聊，从中感受到了吴哥城厚重的文化、深邃的思想、典雅的艺术以及博大的智慧，越是临近告别真腊，越是感觉到一种意犹未尽的滋味。

"你们知道吴哥的微笑来自什么吗？"宾阿伽说。

"你说说。"和顺王爷饶有兴趣地说。

宾阿伽说："当年，阇耶跋摩二世来到位于现在吴哥北城北面的库仑山，（他们走到库仑山模型前面）举行了一场由婆罗门湿婆伽伐利耶主持的祭祀提婆罗阇（即"神王崇拜"）的仪式，宣称自己为宇宙之王、普世之君。这个仪式既是他曾为质子的夏连特拉王朝政权赖以支撑的宗教基础，也得到了一位名为伊朗亚达玛的婆罗门帮助，阇耶跋摩二世把他从隐居之地请进宫中，他将经典及一套典礼仪式传送给湿婆教的最高僧侣湿婆伽伐利耶，阇耶跋摩二世立下誓言，说以后任何时候都要给湿婆伽伐利耶家族和他们的后裔以崇高的地位和荣誉，无论真腊王朝如何更迭，这一誓言始终得以履行。"

国王看着宾阿伽问道："你的祖上是？"

"湿婆伽伐利耶家族。"宾阿伽回答。

"那我怎么不知道你啊？"国王问。

"我们家族有分工，他们管大事，我负责盖房子和建庙。"

国王和大家笑了起来。

和顺王爷："我想问一下，你们从婆罗门教到佛教的变化是什么原因？"

宾阿伽看了一眼国王，国王说："你说吧。"

宾阿伽："这是一个复杂的问题，并非三言两语就能说清。印度教与佛教之间，本身就存在一定的转化与衍生关系。不同于无所不能的神，释迦牟尼佛更加贴近普罗大众。阇耶跋摩七世在位期间，大量修建寺庙，佛教得到尊崇。你们时时看到的'吴哥的微笑'，据说就是以阇耶跋摩七世的面容为蓝本所建，如同佛祖的微笑一般庄严慈悲。在我们寺庙的建筑上，两种信仰的融合交替都被记录下来。"

庆姑娘突然插了一句："你们没注意到公主现在脸上的变化吗？"

众人把目光投向公主，带着困惑。

达可："我注意到了，那是大慈大悲的观音的微笑。"

大家纷纷表示赞同。

公主说："我有个小小的请求和心愿，不知道当提不当提？"

国王："说来听听。"

公主："你们能不能把这些宝贝送给我？当然不是我个人，让我们那个皇帝也看看。"

宾阿伽："你说什么？要这些宝贝？这可是国宝啊！"

国王却说："复制一套，宰相亲自拨款、监制，用最好的材料。让公主带回去。"

公主："还是国王大方。签约，写在和平条约里，中华与真腊，和平平等，永不打仗。"

（三）

达可和小美从吴哥城出来，快到使团所住的驿馆院墙门口时，从街道的对面跑过来一个小沙弥，递给达可一封信。达可疑惑地看着他，接过了信，信封上并没有写收信人的姓名。小沙弥转过头来面向街道对面，只见远处有两个和尚，其中一个挂着拐杖的向这边招了招手，另一个和尚站在旁边，一动不动。达可收信后，小沙弥便跑回去牵着拄拐和尚的手，三人消失在茫茫人海之中。

那断腿和尚正是蒙尘，他在山寨看到了娜日迈公主、和顺王爷等人，便知道元朝皇帝是挂念他们的，这毕竟是一种为人的手足之情。只是他万万没想到，后来二女争夫，驸马跳崖的人间悲剧就发生在他面前，令他极其震撼，甚至有一种自责。自己刚刚与赵天俊探讨了关于利他和无我的话题，转眼间赵天俊就走上了无我之路，是因为他的话吗？这是利他吗？还是无我？似乎都不是。他知道，赵天俊陷入一个无解的困境。二女争夫，上下是阴爻，中间是阳爻，这是坎卦。"习坎：有孚维心，亨。行有尚。"这一切就是他的宿命。他太过聪慧和俊朗了，也就无法摆脱阴柔的陷阱，两女都不相让，他就只有自由翱翔了。肉体是暂时的，唯有心灵是永恒的。这也正是"维心，亨"啊！

蒙尘参加了山花为赵天俊举办的火葬仪式，也为他祈福送行，这毕竟是对山花的慰藉，她曾经和大元的驸马同枕共眠，并共生一子。

办完这件事，蒙尘就一步一步走到了吴哥，这是他的一个心愿，这里毕竟是宗教文化圣地。同时，有来无往非礼也，他也想给惦念他、寻找他的人一个交代。然后，就各行其是了。

在朝圣途中，他遇见了那个造反失败的元朝士兵。如今，这个士兵已经成为佛门子弟，还穿着当初他留下的衣裳。他们相视无语，一切尽在不言中。之后，便是一路同行。

达可有一种预感，这个拄拐的和尚一定与使团的真腊使命有关。十二王爷断腿出家这件事，他是和王爷以及娜日迈公主一起知道的，但他没有见过十二王爷本人。所以，达可急忙找到和顺王爷，把信交给他，而王爷恰巧和娜日迈公主在一起。

和顺王爷打开信，正是十二王爷的笔迹，他便给公主读了：

娜日迈大姐、和顺亲王并诸友：

古寨遥见，极为惊惧，万里阔别，思念肠断。无奈其时同陷困境，人间情缘刻骨铭心。自真腊战败，弟九死重生，全系真腊人相救。伤愈之间，扪心自省，羞愧难当，此一生行妖孽之道，杀戮无数，罪孽深重，故唯有放下屠刀，方能自赎而重生。今有一言请敬告铁穆耳兄长。铁木真率吾族东征西讨，南进北伐，不到百年，已建世界第一帝国。现基业已奠，威名四海。吾族铁骑所到之处，无不令人闻风丧胆，如不速迷途疾返，必有亡国灭族之患。驸马赵天俊那日得一子，取名和平，实为众望所归。望此行为人类苍生，为吾族，改弦易辙。今赠一卦，以示预警。"习坎：有孚维心，亨。行有尚。"弟已是出家之人，就此别过。致大安。

蒙尘敬上

和顺王爷念罢，娜日迈公主又是泣不成声。

（四）

使团即将返回中国。

娜日迈公主心中还有一个愿望，就是要在真腊找一个最好的地方，安放赵天俊的遗骨。

他是一个风华正茂的儒生，并不是一个婆罗门教徒或者是佛教徒，所以她拒绝了真腊朋友们的建议，没有把他放入神圣的周萨神庙。她知道那都不是他最想去的地方，他热爱的是充满了阳光、树木和生命的地方。一切都是因为她的过失，所以，她一定要补偿给他。

最后，她选定了在一座山上安放他，或许他可以在那里重生。

这座自西北向东南方向绵亘、位于吴哥东北方的神山，叫作库仑山。神王阁耶跋摩二世就是在这里宣布即位，这座山又被称为"最高神因陀罗神之山"。

在山上波列昂通寺做完最后一次法事，公主手捧骨灰罐，走上了山顶，放眼看去，洞里萨湖波光摇曳，正面的一块岩石形象狮子头，坐北朝南，下有大小两块石头，就像两只狮子戏滚绣球。这让公主想起了结婚后第一次去他的老家，看的就是这个节目。溪水顺着弯曲的岩石流淌，许多孩子在水中玩耍。在瀑布河床底部，雕刻着超过一千个象征女性生殖器的优尼和男性生殖器的林伽。这个地方他一定喜欢，她一边想着，一边打开罐子把遗骨都抛撒出去，然后把罐子摔碎，说道："岁岁平安，天下太平。"

"种荔枝树了！种荔枝树了！"达可拿着荔枝树种和工具，招呼大家在这里留下使团访问的纪念。

小美也大声喊叫："多种些，多种些，以后这座山就叫作荔枝山了。我在树上留下你们的名字，男人刻在林伽上，女的刻在优尼上，好不好啊？"

山上传出一片欢笑。

第二十章

无 价 之 宝

（一）

使团于元大德元年（1297）六月离开真腊，八月中旬回到国内。九月下旬，秋高气爽，天高云淡，在京城元大都皇宫广场上，赴真腊访问使团向铁穆耳皇帝和朝中百官展示从真腊带回来的礼品，全是奇珍异宝、珍禽异兽。

铁穆耳皇帝在和顺王爷、娜日迈公主的陪同下，饶有兴趣地观看着。年轻英俊，穿着五品官服的达可在一一介绍：

"细色有翠毛、象牙、犀角、黄蜡，粗色有降真、豆蔻、画黄、紫梗、孔雀、翡翠、鹦哥、犀牛、大象……树木花草更多，且香而艳。"

转到下一件珍宝，就是娜日迈公主所要的吴哥城全景微型建筑。面对着上千件用上等红木精工细雕而成的宫宇楼阁、浮屠寺庙，铁穆耳皇帝和所有人都震惊了。

达可按照真腊国的历史沿革、吴哥城的建设次序进行介绍：

这位是吴哥王朝的建立者，阇耶跋摩二世。

这位是前王之子，阇耶跋摩三世。

这位是前王之表兄，他建了巴空寺、比列科寺，并兴修水利。

这位是耶输跋摩一世，他是前王长子，从他开始建吴哥通王城、巴肯寺。

这位是赫萨跋摩一世，他是前王之子。

这位是伊奢那跋摩二世，是前王的弟弟。

这位是阇耶跋摩四世，他是耶输跋摩一世的妻兄，是一位篡位者，他放弃了吴哥。

这位是赫萨跋摩二世，他是前王之子。

这位是罗贞陀罗跋摩二世，他是耶输跋摩一世的侄子，还都吴哥。

这位是阇耶跋摩五世，他是前王之子，他建了女王宫，开建了茶胶寺。

这位是乌达亚迪耶跋摩一世，前王之子。

这是苏耶跋摩一世。他因联姻有吴哥王位，经过内战推翻了前王，统治近半个世纪。

这位是乌达亚迪耶跋摩二世，他是前王之子，对占婆国战争。

这位是赫萨跋摩三世，他是前王之弟。

这位是阇耶跋摩六世，他是篡位者。

这位是陀罗尼因陀罗跋摩一世，他是前王之弟。

这位是苏利耶跋摩二世，他是前王之侄孙，是真腊历史上最伟大的国王。他建了鲁班墓，击败并吞并占婆。

这位是陀罗尼因陀罗跋摩二世，他是前王之表兄。

这位是耶输跋摩二世，他是前王之次子。

这位是特里布婆那迭多跋摩，他是一位篡位者，使吴哥陷入内战。在位期间占婆洗劫了吴哥城，全国陷入混乱。

这位是伟大的阇耶跋摩七世。他是陀罗尼因陀罗跋摩二世之长子，在近六十岁的时候继位。他是吴哥王朝最大版图的开创者，信仰大乘佛教，建了巴戎寺、塔布隆寺、圣剑寺等。

这位是因陀罗跋摩二世。

这位是阇耶跋摩八世,他是阇耶跋摩七世之曾孙。

这位就是现在的国王因陀罗跋摩三世,他是前王的女婿,是他接待了我们大元使团。

…………

(二)

使团离开京城三个年头了,而这三个年头是新皇铁穆耳全力推行新政的阶段。元成宗实行守成的基本方针,提出守法令、举贤才、劝农桑、安黎庶、均赋役等多项政策,强调"民为邦本、本固邦宁",已经卓有成效。

在参观完真腊国赠送的礼品之后,铁穆耳皇帝在大明殿接见了使团全体成员,听取和顺王爷此次赴真腊情况,询问了驸马、十二王爷的情况,了解了东南各国对元朝新政的态度。对使团的此次出访成果,皇帝颇为满意。

和顺王爷见圣心愉悦,即提交奏表,歌颂了铁穆耳皇帝新政所取得的成就,提出进一步奉行"德不孤,必有邻""与人恭而有礼,四海之内皆兄弟,言忠信,行笃敬,虽蛮貊之邦,行矣"的和平方略。

铁穆耳皇帝大悦:"此奏正合吾意,为向四海邻邦宣传本朝新政,特改年号为'大德'。"

倡导和平新方略,这一切与出使真腊息息相关。

金秋十月,京城一派祥和。

和顺王爷特在王府设宴款待使团全体成员。和顺王爷、娜日迈公主以及恩立金、张德谦、乌海、阔尔罕等人都不由自主地谈到了达可这位翻译官,觉得此行顺利完成任务,与这位小翻译的积极努力、恪尽职守分不开。如果要论功行赏,他当居首功。由于其他人都在朝中有正式的官职,只有他一人是个布衣,临时征召使用,使团任务已毕,现其他人均各司职守,唯有他无处安放。

所以，大家纷纷请求和顺王爷、娜日迈公主，好生安置这位难得的人才。恩立金、张德谦更是要和顺王爷向皇帝推荐，在翰林院高就，并实授四品官阶。乌海却说，这小子有一手伏虎罗汉的绝活，应当放到兵部。

正议论着，王爷府门卫禀告，有一位年轻的布衣持柬求见，王爷一看请柬，正是达可，马上让门卫领入。只见达可身着便装，手持一布袋诚惶诚恐进入，恭恭敬敬地和大家打招呼。一见他这身打扮，所有人都责备他为什么不着官服。

达可笑嘻嘻地当场解开包袱，拿出洗叠整洁的五品官服双手呈给王爷："戏已演完，戏服完好归还。达可明日离京还乡，今日特来向诸位辞行。"

听了达可的话，所有人都埋怨他不该自作主张，并告诉他，大家已经商量好了，要把他留在京城高就，绝不会卸磨杀驴，不近情理。

达可千恩万谢之后，说道："不瞒诸位，本人还要尽快返回吴哥，与小美姑娘相聚！"

大家哄笑，不早说呢，又是一番贺喜。

娜日迈公主颇为动情地说："你小子走了，我怎么觉得像走了个儿子似的，心里空落落的。我送你点什么东西好呢？"

和顺王爷说："你们都甭管了，我代表大家伙一起送他一件礼物，保证让他有面。"

席间敬酒时，王爷悄声说："你晚走一段时间，还有一件差事必须由你来完成。"

达可问："什么差事？"

王爷说："我们是国家正式的外交使团，回来必须给朝廷写一份出使文书。此事主要由恩立金、张德谦负责，但是你是翻译官，许多情况你比他们要清楚，所以你也跑不了。这身官服，你还要穿几天。还有，你沿途所写的日记，要交给翰林院存档。"

（三）

经过一段时间的努力，达可在翰林院完成了和顺王爷交代的撰写出使文书和整理日记的工作，即将告别京城。

这天，和顺王爷和恩立金、张德谦亲自来到驻地为达可送行。

和顺王爷将一箱礼物交给达可，亲切地说："你这次随国家外交使团赴真腊访问，尽职尽责，不负重托，工作圆满，为国尽忠。我作为使团团长，非常满意。在此，对你进行表彰，任命你为特使，今后，你无论在何处，国家一旦需要，你应随时效力。这套官服，你好生保管，随身携带，不得遗失。这里还有一箱礼品，是我和娜日迈公主代表使团送给你的一份贺礼。这是一份极其厚重也极其珍贵的礼物，既是送给你和洪美莎哈的，也是送给真腊的。现在不可打开，待到真腊之后，你与洪宰相、小美一起打开，到时候你看了就知道是什么了。"

说着，王爷和恩立金、张德谦对视而笑。

明州港码头，知府率一众官员列队，欢送达可登船前往真腊。船长在船下迎接。只见达可身着一身粗布衣裳，和知府一行一一致谢道别，然后在船长的陪同下登船。

巨轮立即起锚离港。达可站在甲板上，向送行的人们招手告别，直到看不见码头。

他没有进客舱，而是与以往一样，换上做饭的围裙，帮助厨子准备餐食。

达可回到了吴哥，小美兴高采烈地把他接回了家。西哈亲王、庆格尔勒王妃和宾阿伽都来宰相家为他接风洗尘。

席间，达可拎出自己带来的箱子，神秘地说："这是和顺王爷代表使团专门送我的一箱礼物，并说见到你们时方能打开，也是送给你们的礼物。我现在就当众打开，看看他们送了什么宝贝。"

在大家的注视下，达可打开了箱子，不看则已，一看众人大惊——只见整整一箱书，书名是《真腊风土记》，署名"周达观"。

洪宰相边翻看边激动地说："真腊自建国以来，尚无一册文字史籍。此书，真乃无价之宝啊！"

尾 声

　　周达观所著的《真腊风土记》是最早全面介绍真腊吴哥时期社会经济文化的历史文献，特别对辉煌的吴哥文化有真实反映。自明代后有多种刊本，如百川学海本、古今说海本、历代小史本、古今图书集成本、四库全书本等。19世纪，此书被翻译成法文、日文、英文、柬埔寨文、德文等多语种，流传于世。

　　元成宗在位期间罢征日本、安南，采取限制诸王势力、减免部分赋税、新编律令等措施，缓解了国内外矛盾，史评他"垂拱而治，可谓善于守成者矣"。

　　真腊的因陀罗跋摩三世是现今柬埔寨王室的父系祖先，他在位期间接待了来自元朝的使节周达观等人访问。柬埔寨至今与中国保持友好的往来。

　　在吴哥今天的名胜景点中，有一座荔枝山。荔枝山又名"伟大的因陀罗山"，山上曾经有众多寺庙和宝塔，是吴哥王朝的宗教文化圣地。它也是中柬人民友谊的见证，相传元朝使节周达观把随船带来的中国荔枝种子赠给吴哥附近的居民，撒在八角山上，后来荔枝长满山坡，遂改名为荔枝山。

后　记

一

2019 年 10 月 15 日，我和夫人赵京华来到了柬埔寨吴哥窟旅游，被震撼了。百闻不如一见，虽然早已如雷贯耳，然而当吴哥窟真实地映入眼帘的时候，我只找到"伟大"两个字来形容了。他们是怎么做到的？站立在吴哥窟 800 米长的巨型浮雕面前，我更是不敢相信，这些雕刻艺术家难道是从天上请来的吗？要知道意大利文艺复兴的巨匠们当时还不知道在哪里呢。我认定吴哥窟就是世界上最伟大的宗教艺术建筑群之一，值得学习研究。

二

旅游回国后，我就跑到广州书城把有关柬埔寨的所有书籍包括旅游手册全都买回来研究，从中发现有两个人对吴哥窟的世界宣介起到了历史性的贡献：一个是 1860 年在探险中发现吴哥窟的法国人亨利·穆奥，一个是元成宗时期随使团出使真腊（今柬埔寨）并留下一本《真腊风土记》的作者周达观。

2020 年，我将这二人的故事揉成一部穿越历史小说《化境吴哥》，用东西方两只眼睛透视了吴哥窟的历史地位和价值。这本书于2021年由广东花城出版社出版发行，并很快有了柬埔寨译本。

然而，当完成以法国人亨利·穆奥探险为内容主线的《化境吴哥》时，我意识到中国人周达观的故事更值得写一本书。于是，在2022年底，我把这件事办了。

三

这两本书是同一颗种子孕育的姐妹篇，如同双胞胎一样，妹妹先问世了，姐姐现在才出来。真实的情况的确如此。周达观是元成宗时期去的真腊，并留下了《真腊风土记》，而这部书竟然是世界了解吴哥窟的第一本最早的文字资料，其历史价值不言而喻。法国人亨利·穆奥正是看到了1813年法译本的《真腊风土记》，才按图索骥前往中南半岛探险，幸运地在密林深处发现已经被焚毁了400年的吴哥遗迹。

亨利·穆奥所看到的吴哥窟，与我们今天能看到的一样，只是吴哥窟的遗迹。可是周达观不同，他看到的是真迹，而且是一个有人有物、有血有肉的活生生的真腊和吴哥窟。

这是中国人的骄傲。

四

从前有座山，山里有座庙，庙里有个和尚讲故事，讲的什么呢？在写《化境吴哥》的时候，我突然悟到了谜底——讲的是佛像的故事。面对吴哥窟大型宗教艺术建筑群，我应该从哪儿讲到哪儿呢？所有的寺庙都是为了佛像而建的，或者说是为了对某一尊佛的某一种信仰而建的，形式是为内容服务的。那么，我们用两本书去讲述吴哥的故事，究竟想向人们讲述什么精神主旨呢？

亚洲文明的辉煌。吴哥窟是东方文化艺术的杰作，是亚洲文明的骄傲。我们用周达观和亨利·穆奥这两种东西方不同的视角来评价和褒奖。

人类对和平的追求。世界渴望和平，周达观就是一个为人类和平而努力的外交家。

友谊和爱情的价值。无论是哪一个国家和人民之间，都应该建构和拥有这一基本权利。

微笑的意义。吴哥的微笑，是人类命运共同体的外在表现形式，是吴哥艺术的终极归宿，是柬埔寨人民的理想境界，也是人类之间相处的应有态度。

我们创作历史题材的文学作品，既要尊重历史，又要研究历史，更要在不完整的历史资料的基础上，进行合乎逻辑的推理和有助于烘托主题和塑造人物形象的艺术加工。

本书的创作过程中，感谢夫人赵京华的无微不至的照顾和鼓励，我每天写完一段，总是先念给她听，并听取她的批评和意见。

再次感谢广东省出版集团、南方出版传媒股份有限公司、花城出版社的领导和编辑的关心与辛勤劳动。

孔　见

2022 年 12 月 18 日

附　录

真腊风土记
[元]　周达观

总叙

真腊国或称占腊，其国自称曰甘孛智。今圣朝按西番经，名其国曰澉浦只，盖亦甘孛智之近音也。

自温州开洋，行丁未针。历闽、广海外诸州港口，过七洲洋，经交趾洋，到占城。又自占城顺风可半月到真蒲，乃其境也。又自真蒲行坤申针，过昆仑洋，入港。港凡数十，惟第四港可入，其余悉以沙浅故不通巨舟。然而弥望皆修藤古木，黄沙白苇，仓卒未易辨认，故舟人以寻港为难事。自港口北行，顺水可半月，抵其地曰查南，乃其属郡也。又自查南换小舟，顺水可十余日，过半路村、佛村，渡淡洋，可抵其地曰干傍，取城五十里。

按《诸番志》称其地广七千里，其国北抵占城半月路，西北距暹罗半月程，南距番禺十日程，其东则大海也。旧为通商往来之国。

189

圣朝诞膺天命，奄有四海，唆都元帅之置省占城也，尝遣一虎符万户、一金牌千户，同到本国，竟为拘执不返。

元贞之乙未六月，圣天子遣使诏谕，俾余从行。以次年丙申二月离明州，二十日自温州港口开洋，三月十五日抵占城。中途逆风不利，秋七月始至，遂得臣服。至大德丁酉六月回舟，八月十二日抵四明泊岸。其风土国事之详，虽不能尽知，然其大略亦可见矣。

（一）城郭

州城周围可二十里，有五门，门各两重。惟东向皆二门，余向皆一门。城之外皆巨濠，濠之上皆通衢大桥。桥之两傍，共有石神五十四枚，如石将军之状，甚巨而狞，五门皆相似。桥之阑皆石为之，凿为蛇形，蛇皆九头。五十四神皆以手拔蛇，有不容其走逸之势。城门之上有大石佛头五，面向四方。中置其一，饰之以金。门之两旁，凿石为象形。城皆叠石为之，高可二丈。石甚周密坚固，且不生繁草，却无女墙。城之上，间或种桄榔木，比比皆空屋。其内向如坡子，厚可十余丈。坡上皆有大门，夜闭早开，亦有监门者，惟狗不许入门。其城甚方整，四方各有石塔一座。曾受斩趾刑人亦不许入门。

当国之中有金塔一座，傍有石塔二十余座。石屋百余间，东向有金桥一所。金狮子二枚，列于桥之左右。金佛八身，列于石屋之下。金塔之北可一里许，有铜塔一座，比金塔更高，望之郁然。其下亦有石屋数十间。又其北一里许，则国主之庐也。其寝室又有金塔一座焉。所以舶商自来有"富贵真腊"之褒者，想为此也。

石塔山在南门外半里余，俗传鲁般一夜造成。鲁般墓在南门外一里许，周围可十里，石屋数百间。

东池在城东十里，周围可百里，中有石塔、石屋，塔之中有卧铜佛一身，脐中常有水流出。味如中国酒，易醉人。

北池在城北五里，中有金方塔一座，石屋数十间。金狮子、金佛、铜像、铜牛、铜马之属，皆有之。

（二）宫室

国宫及官舍府第皆面东。国宫在金塔、金桥之北，近北门，周围可五六里。其正室之瓦以铅为之；余皆土瓦，黄色。梁柱甚巨，皆雕画佛形。屋颇壮观，修廊复道，突兀参差，稍有规模。其莅事处有金窗，棂左右方柱，上有镜，约有四五十面，列放于窗之旁。其下为象形。闻内中多有奇处，防禁甚严，不可得而见也。

其内中金塔，国主夜则卧其上。土人皆谓塔之中有九头蛇精，乃一国之土地主也。系女身，每夜则见，国主则先与之同寝交媾，虽其妻亦不敢入。二鼓乃出，方可与妻妾同睡。若此精一夜不见，则番王死期至矣。若番王一夜不往，则必获灾祸。

其次如国戚大臣等屋，制度广袤，与常人家迥别；周围皆用草盖，独家庙及正寝二处许用瓦。亦各随其官之等级，以为屋室广狭之制。其下如百姓之家，止用草盖，瓦片不敢上屋。其广狭虽随家之贫富，然终不敢效府第制度也。

（三）服饰

自国主以下，男女皆椎髻袒裼，止以布围腰。出入则加以大布一条，缠于小布之上。布甚有等级，国主所打之布，有直金三四两者，极其华丽精美。其国中虽自织布，暹罗及占城皆有来者，往往以来自西洋者为上，以其精巧而细美故也。

惟国主可打纯花布。头戴金冠子，如金刚头上所戴者；或有时不戴冠，但以线穿香花，如茉莉之类，周匝于髻间。顶上戴大珍珠三斤许。手足及诸指上皆带金镯、指环上皆嵌猫儿眼睛石。其下跣足，足下及手掌，皆以红药染赤色。出则手持金剑。

百姓间惟妇女可染手足掌，男子不敢也。大臣国戚可打疏花布，惟官人可打两头花布；百姓间惟妇人可打之。若新唐人虽打两头花布，人亦不敢罪之，以其暗丁八杀故也。暗丁八杀者，不识体例也。

（四）官属

国中亦有丞相、将帅、司天等官，其下各设司吏之属，但名称不同耳。大抵皆国戚为之，否则亦纳女为嫔。其出入仪从各有等级。用金轿杠、四金伞柄者为上；金轿杠、二金伞柄者次之；金轿杠、一金伞柄者又次之；止用一金伞柄者，又其次之也。其下者止用一银伞柄者而已，亦有用银轿杠者。金伞柄以上官，皆呼为巴丁，或呼暗丁。银伞柄者，呼为廝辣的。伞皆用中国红绢为之，其裙直拖地。油伞皆以绿绢为之，裙却短。

（五）三教

为儒者呼为班诘，为僧者呼为苧姑，为道者呼为八思惟。

班诘不知其所祖，亦无所谓学舍讲习之处，亦难究其所读何书。但见其如常人打布之外，于项上挂白线一条。以此别其为儒耳。由班诘入仕者，则为高上之人。项上之线终身不去。

苧姑削发穿黄，偏袒右肩，其下则系黄布裙，跣足。寺亦许用瓦盖，中止一像，正如释迦佛之状，呼为孛赖。穿红，塑以泥，饰以丹青，外此别无像也。塔中之佛，相貌又别，皆以铜铸成，无钟鼓铙钹，亦无幢幡宝盖之类。僧皆茹鱼肉，惟不饮酒。供佛亦用鱼、肉，每日一斋，皆取办于斋主之家，寺中不设厨灶。所诵之经甚多，皆以贝叶叠成，极其齐整。于上写黑字，既不用笔墨，但不知其以何物书写。僧亦用金银轿杠、伞柄者，若国主有大政亦咨访之。却无尼姑。

八思惟正如常人，打布之外，但于头上戴一红布或白布，如鞑靼娘子罟姑之状而略低。亦有宫观，但比之寺院较狭。而道教者，亦不如僧教之盛耳。所供无别像，但止一块石，如中国社坛中之石耳，亦不知其何所祖也。却有女道士。宫观亦得用瓦。八思惟不食他人之食，亦不令人见食，亦不饮酒。不曾见其诵经及与人功课之事。

俗之小儿入学者，皆先就僧家教习，暨长而还俗，其详莫能考也。

（六）人物

人但知蛮俗人物粗丑而甚黑，殊不知居于海岛村僻及寻常闾巷间者，则信然矣。至如宫人及南棚妇女多有其白如玉者，盖以不见天日之光故也。大抵一布缠腰之外，不论男女皆露出胸酥，椎髻跣足。虽国主之妻，亦只如此。

国主凡有五妻，正室一人，四方四人。其下嫔婢之属，闻有三五千，亦自分等级，未尝轻出户。余每一入内，见番主必与正妻同出。乃坐正室金窗中，诸宫人皆次第列于两廊窗下，徙倚以窥视，余备获一见。凡人家有女美貌者，必召入内。其下供内中出入之役者，呼为陈家兰，亦不下一二千。却皆有丈夫，与民间杂处，只于顶门之前，削去其发，如北人开水道之状，涂以银硃，及涂于两鬓之傍，以此为陈家兰别耳。惟此妇人可以入内，其下余人不可得而入也。内宫之前后有络绎于道途间。

寻常妇女，椎髻之外，别无钗梳头面之饰。但臂中戴金镯，指中戴金指环，且陈家兰及内中诸宫人皆用之。男女身上，常涂香药，以檀麝等香合成。家家皆修佛事。

国中多有二形人，每日以十数成群，行于墟场间。常有招徕唐人之意，反有厚馈，可丑可恶。

（七）产妇

番妇产后，即作热饭，拌之以盐，纳于阴户。凡一昼夜而除之。以此产中无病，且收敛常如室女。余初闻而诧之，深疑其不然。既而所泊之家，有女育子，备知其事。且次日即抱婴儿，同往河内澡洗，尤所怪见。

又每见人言：番妇多淫，产后一两日即与夫合。若丈夫不中所欲，即有买臣见弃之事。若丈夫适有远役，只数夜则可，过十数夜，其妇必曰："我非是鬼，如何孤眠？"淫荡之心尤切。然亦闻有守志者。妇女最易老，盖其婚嫁产育既早，二三十岁人，已如中国四五十岁人矣。

（八）室女

人家养女，其父母必祝之曰："愿汝有人要，将来嫁千百个丈夫。"富室之女，自七岁至九岁；至贫之家，则止于十一岁，必命僧道去其童身，名曰阵毯。

盖官司每岁于中国四月内，择一日颁行本国应有养女当阵毯之家，先行申报官司。官司先给巨烛一条。烛间刻画一处，约以是夜遇昏点烛，至刻画处，则为阵毯时候矣。先期一月，或半月，或十日，父母必择一僧或一道，随其何处寺观，往往亦自有主顾。向上好僧，皆为官户富室所先，贫者不暇择也。富贵之家，馈以酒、米、布帛、槟榔、银器之类，至有一百担者，该直中国白金二三百两之物。少者或三四十担，或一二十担，随其家之丰俭。所以贫人之家至十一岁而始行事者，为难办此物耳。富家亦有舍钱与贫女阵毯者，谓之做好事。盖以一岁之中，一僧止可御一女，僧既允受，更不他许。

是夜，大设饮食、鼓乐，会亲邻。门外缚一高棚，装塑泥人、泥兽之属于其上，或十余，或止三四枚，贫家则无之。各按故事，凡七日而始撤。既昏，以轿伞鼓乐迎此僧而归。以彩帛结二亭子，一则坐女于其中，一则坐僧于其中。不晓其口说何语，鼓乐之声喧阗，是夜不禁犯夜。闻至期与女俱入房，亲以手去其童，纳之酒中。或谓父母亲邻各点于额上，或谓俱尝以口，或谓僧与女交媾之事，或谓无此。但不容唐人见之，所以莫知其的。至天将明时，则又以轿伞鼓乐送僧去。后当以布帛之类与僧赎身。否则此女终为此僧所有，不可得而他适也。余所见者，大德丁酉之四月初六夜也。

前此父母必与女同寝，此后则斥于房外，任其所之，无复拘束提防之矣。至若嫁娶，则虽有纳币之礼，不过苟简从事。多有先奸而后娶者，其风俗既不以为耻，亦不以为怪也。阵毯之夜，一巷中或至十余家，城中迎僧道者，交错于途路间，鼓乐之声，无处无之。

（九）奴婢

人家奴婢，皆买野人以充其役，多者百余，少者亦有一二十枚，除至贫之家则无之。盖野人者，山中之人也。自有种类，俗呼为撞贼。到城中，皆不敢出入人之家。城间人相骂者，一呼之为撞，则恨入骨髓，其见轻于人如此。少壮者一枚可直百布，老弱者止三四十布可得。只许于楼下坐卧。若执役，方许登楼，亦必跪膝合掌顶礼而后敢进。呼主人为巴驼，主母为米。巴驼者父也，米者母也。若有过，挞之，则俯首受杖，略不敢动。

其牝牡自相配偶，主人终无与之交接之理。或唐人到彼久旷者不择，一与之接，主人闻之，次日不肯与之同坐，以其曾与野人接故也。或与外人交，至于有妊养子，主人亦不诘问其所从来。盖以其所在不齿，且利其得子，仍可为异日之奴婢也。

或有逃者，擒而复得之，必于面刺以青，或于项上带铁以锢之，亦有带于臂腿间者。

（十）语言

国中语言，自成音声，虽近而占城、暹人，皆不通话说。如以一为梅，二为别，三为卑，四为般，五为孛蓝，六为孛蓝梅，七为孛蓝别，八为孛蓝卑，九为孛蓝般，十为答。呼父为巴驼，至叔伯亦呼为巴驼。呼母为米，姑、姨、姊姆以至邻人之尊年者，亦呼为米。呼兄为邦，姊亦呼为邦。呼弟为补温。呼舅为吃赖，姑夫、姊夫、姨夫、妹夫亦呼为吃赖。

大抵多以下字在上，如言此人乃张三之弟，则曰补温张三。彼人乃李四之舅，则曰吃赖李四。又如呼中国为备世，呼官人为巴丁，呼秀才为班诘。乃呼中国之官人，不曰备世巴丁，而曰巴丁备世。呼中国之秀才，不曰备世班诘，而曰班诘备世。大抵皆如此，此其大略耳。至若官府则有官府之议论，秀才则有秀才之文谈，僧道自有僧道之语说。城市村落，言语各自不同，亦与中国无异也。

（十一）野人

野人有二种：有一等通往来话言之野人，乃卖与城间为奴之类是也；有一等不属教化、不通言语之野人，此辈皆无家可居，但领其家属巡行于山，头戴一瓦盆而走。遇有野兽，以弧矢标枪射而得之，乃击火于石，共烹食而去。其性甚狠，其药甚毒，同党中常自相杀戮。近地亦有以种豆蔻、木棉花、织布为业者，布甚粗厚，花纹甚别。

（十二）文字

寻常文字及官府文书，皆以麂鹿皮等物染黑，随其大小阔狭，以意裁之。用一等粉，如中国白垩之类，搓为小条子，其名为梭。拈于手中，就皮画以成字，永不脱落。用毕则插于耳之上。字迹亦可辨认为何人书写，须以湿物揩拭方去。大率字样，正似回鹘字。凡文字皆自后书向前，却不自上书下也。余闻之也先海牙云，其字母音声，正与蒙古音相类，但所不同者三两字耳。初无印信，人家告状，亦无书铺书写。

（十三）正朔时序

每用中国十月以为正月。是月也，名为佳得。当国宫之前，缚一大棚，棚上可容千余人，尽挂灯毬花朵之属。其对岸远离二三十丈地，则以木接续缚成高棚，如造搭扑竿之状，可高二十余丈。每夜或设三四座，或五六座，装烟火爆杖于其上，此皆诸属郡及诸府第认直。遇夜则请国主出观，点放烟火爆杖，烟火虽百里之外皆见之，爆杖其大如炮，声震一城。其官属贵戚，每人分以巨烛槟榔，所费甚夥。国主亦请奉使观焉。如是者半月而后止。

每一月必有一事，如四月则抛球，九月则压猎，压猎者，聚一国之众，皆来城中，教阅于国宫之前。五月则迎佛水，聚一国远近之佛，皆送水来与国主洗身。陆地行舟，国主登楼以观。七月则烧稻，其时新稻已熟，迎于南门外烧之，以供诸佛。妇女车象往观者无数，国主却不出。八月则挨蓝，挨蓝者舞也。点差伎乐，每日就国宫内挨蓝，且斗猪斗象，国主亦请奉使观焉，如是者一旬。其余月分不能详记也。

国中人亦有通天文者。日月薄蚀皆能推算，但是大小尽却与中国不同。中国闰岁，则彼亦必置闰，但只闰九月，殊不可晓。一夜只分四更。每七日一轮，亦如中国所谓开、闭、建、除之类。番人既无名姓，亦不记生日。多有以所生日头为名者，有两日最吉，三日平平，四日最凶。何日可出东方，何日可出西方，虽妇女皆能算之。十二生肖亦与中国同，但所呼之名异耳，如呼马为卜赛，呼鸡为蛮，呼猪为直卢，呼牛为个之类也。

（十四）争讼

民间争讼，虽小事亦必上闻国主。初无笞杖之责，但闻罚金而已。其人大逆重事，亦无绞斩之事。止于城西门外掘地成坑，纳罪人于内，实以土石，坚筑而罢。其次有斩手足指者，有去鼻者。但奸与赌无禁。奸妇之夫或知之，则以两柴绞奸夫之足，痛不可忍。竭其资而与之，方可获免，然装局欺骗者亦有之。人或有死于门首者，则自用绳拖置城外野地，初无所谓体究检验之事。

人家若获盗，亦可自施监禁拷掠之刑。却有一项可取。且如人家失物，疑此人为盗，不肯招认，遂以锅煎油极热，令此人伸手于其中；若果偷物，则手腐烂，否则皮肉如故。云番人有异法如此。

又两家争讼，莫辨曲直。国宫之对岸有小石塔十二座，令二人各坐一塔中。其外，两家自以亲属互相提防。或坐一二日，或坐三四日。其无理者，必获证候而出，或身上生疮疖，或咳嗽发热之类。有理者略无纤事。以此剖判曲直，谓之天狱。盖其土神之灵，有如此也。

（十五）病癞

国人寻常有病，多是入水浸浴，及频频洗头，便自痊可。然多病癞者，比比道途间。土人虽与之同卧同食亦不校。或谓彼中风土有此疾。又云曾有国主患此疾，故人不之嫌。以愚意观之，往往好色之余，便入水澡洗，故成此疾。闻土人色欲才毕，皆入水澡洗。其患痢者十死八九。亦有货药于市者，与中国之药不类，不知其为何物。更有一等师巫之属，与人行持，尤为可笑。

（十六）死亡

人死无棺，止贮以蒉席之类，盖之以布。其出丧也，前亦用旗帜鼓乐之属。又以两样，盛以炒米，绕路抛撒，抬至城外僻远无人之地，弃掷而去。俟有鹰鸦犬畜来食，顷刻而尽，则谓父母有福，故获此报。若不食，或食而不尽，反谓父母获罪而至此。今亦渐有焚者，往往皆是唐人之遗种也。父母死，别无服制，男子则尽髡其发，女子则于顶门剪发如钱大，以此为孝耳。国主亦有塔葬埋，但不知葬身与葬骨耳。

（十七）耕种

大抵一岁中，可三四番收种。盖四时常如五六月天，且不识霜雪故也。其地半年有雨，半年绝无。自四月至九月，每日下雨，午后方下。淡水洋中水痕高可七八丈，巨树尽没，仅留一秒耳。人家滨水而居者，皆移入山后。十月至三月，点雨皆无。洋中仅可通小舟，深处不过三五尺，人家又复移下，耕种者指至何时稻熟，是时水可淹至何处，随其地而播种之。耕不用牛，耒耜镰锄之器，虽稍相类，而制自不同。又有一等野田，不种常生，水高至一丈，而稻亦与之俱高，想别一种也。

但粪田及种蔬，皆不用秽，嫌其不洁也。唐人到彼，皆不与之言及粪壅之事，恐为所鄙。每三两家共掘地为一坑，盖之以草，满则填之，又别掘地为之。凡登溷既毕，必入池洗净。止用左手，右手留以拿饭。见唐人登厕，用纸揩拭者皆笑之，甚至不欲其登门。妇女亦有立而溺者，可笑可笑。

（十八）山川

自入真蒲以来，率多平林丛木，长江巨港，绵亘数百里。古树修藤，森阴蒙翳，禽兽之声，杂遝于其间。至半港而始见有旷田，绝无寸木，弥望芃芃，禾黍而已。野牛以千百成群，聚于其地。又有竹坡，亦绵亘数百里。其竹节间生刺，笋味至苦。四畔皆有高山。

（十九）出产

山多异木，无木处乃犀、象屯聚养育之地。珍禽奇兽，不计其数。细色有翠毛、象牙、犀角、黄蜡，粗色有降真、豆蔻、画黄、紫梗、大风子油。

翡翠，其得也颇难。盖丛林中有池，池中有鱼。翡翠自林中飞出求鱼，番人以树叶蔽身，而坐水滨，笼一雌以诱之。手持小网，伺其来则罩之。有一日获三五只，有终日全不得者。

象牙则山僻人家有之。每一象死，方有二牙，旧传谓每岁一换牙者非也。其牙以标而杀之者上也，自死而随时为人所取者次之，死于山中多年者，斯为下矣。

黄蜡，出于村落朽树间，其一种细腰蜂如蝼蚁者，番人取而得之。每一船可收二三千块，每块大者三四十斤，小者亦不下十八九斤。

犀角白而带花者为上，黑为下。降真生丛林中，番人颇费砍斫之劳，盖此乃树之心耳。其外白，木可厚八九寸，小者亦不下四五寸。豆蔻皆野人山上所种。画黄乃一等树间之脂；番人预先一年以刀斫树，滴沥其脂，至次年而始收。紫梗生于一等树枝间，正如桑寄生之状，亦颇难得。大风子油乃大树之子，状如椰子而圆，中有子数十枚。胡椒间亦有之，缠藤而生，累累如绿草子，其生而青者更辣。

（二十）贸易

国人交易皆妇人能之，所以唐人到彼，必先纳一妇人者，兼亦利其能买卖故也。

每日一墟，自卯至午即罢。无铺店，但以蓬席之类铺于地间，各有常处，闻亦有纳官司赁地钱。小交关则用米谷及唐货，次则用布；若乃大交关，则用金银矣。

往年土人最朴，见唐人颇加敬畏，呼之为佛，见则伏地顶礼。近亦有脱骗欺负唐人者矣，由去人之多故也。

（二十一）欲得唐货

其地想不出金银，以唐人金银为第一，五色轻缣帛次之；其次如真州之锡镴、温州之漆盘、泉处之青瓷器，及水银、银硃、纸劄、硫黄、焰硝、檀香、草芎、白芷、麝香、麻布、黄草布、雨伞、铁锅、铜盘、水珠、桐油、篦箕、木梳、针。其粗重则如明州之席。甚欲得者则菽麦也，然不可将去耳。

（二十二）草木

惟石榴、甘蔗、荷花、莲藕、羊桃、蕉芋与中国同。荔枝、橘子，状虽同而味酸，其余皆中国所未曾见。树木亦甚各别，草花更多，且香而艳。水中之花，更有多品，皆不知其名。至若桃、李、杏、梅、松、柏、杉、桧、梨、枣、杨、柳、桂、兰、菊、芷之类，皆所无也。其中正月亦有荷花。

（二十三）飞鸟

禽有孔雀、翡翠、鹦哥，乃中国所无。其余如鹰、鸦、鹭鸶、雀儿、鸬鹚、鹳、鹤、野鸭、黄雀等物皆有之。所无者，喜鹊、鸿雁、黄莺、杜宇、燕、鸽之属。

（二十四）走兽

兽有犀、象、野牛、山马，乃中国所无者。其余如虎、豹、熊、罴、野猪、麋、鹿、獐、麂、猿、狐、狄之类甚多。所不见者，狮子、猩猩、骆驼耳。鸡、鸭、牛、马、猪、羊在所不论也。马甚矮小，牛甚多。生不敢骑，死不敢食，亦不敢剥其皮，听其腐烂而已，以其与人出力故也，但以驾车耳。在先无鹅，近有舟人自中国携去，故得其种。鼠有大如猫者；又有一等鼠，头脑绝类新生小狗儿。

（二十五）蔬菜

蔬菜有葱、芥、韭、茄、西瓜、冬瓜、王瓜、苋菜。所无者萝卜、生菜、苦荬、菠稜之类。瓜茄正二月间亦有之。茄树有经数年不除者。木棉花树高可过屋，有十余年不换者。不识名之菜甚多，水中之菜亦多种。

（二十六）鱼龙

鱼鳖惟黑鲤鱼最多，其他如鲤、鲫、草鱼亦多。有吐哺鱼，大者重二斤以上。更有不识名之鱼亦甚多，此皆淡水洋中所来者。至若海中之鱼，色色有之。鳝鱼、湖鳗、田鸡土人不食，入夜则纵横道途间。鼋鼍大如合苧，虽六藏之龟，亦充食用。查南之虾，重一斤以上。真蒲龟脚可长八九寸许。鳄鱼大者如船，有四脚，绝类龙，特无角耳。蛏甚脆美。蛤、蚬、蛳螺之属，淡水洋中可捧而得。独不见蟹，想亦有之，而人不食耳。

（二十七）酝酿

酒有四等：第一等唐人呼为蜜糖酒，用药曲，以蜜及水中半为之。其次者，土人呼为朋牙四，以树叶为之。朋牙四者，乃一等树叶之名也。又其次，以米或以剩饭为之，名曰包棱角。盖包棱角者米也。其下有糖鉴酒，以糖为之。又入港滨水，又有茭浆酒；盖有一等茭叶生于水滨，其浆可以酿酒。

（二十八）盐醋酱曲

醋物国中无禁，自真蒲、巴涧滨海等处，率皆烧。山间更有一等石，味胜于盐，可琢以成器。

土人不能为醋，羹中欲酸，则著以咸平树叶，树既生荚则用荚，既生子则用子。

亦不识合酱，为无麦与豆故也。亦不曾造曲，盖以蜜水及树叶酿酒，所用者酒药耳，亦如乡间白酒药之状。

（二十九）蚕桑

土人皆不事蚕桑，妇人亦不晓针线缝补之事，仅能织木棉布而已。亦不能纺，但以手捏成条。无机杼以织，但以一头缚腰，一头搭窗上。梭亦止用一竹管。

近年暹人来居，却以蚕桑为业，桑种蚕种，皆自暹中来。亦无麻苧，惟有络麻。暹人却以丝自织皂绫衣著，暹妇却能缝补。土人打布损破，皆倩其补之。

（三十）器用

寻常人家，房舍之外，别无桌凳盂桶之类，但作饭则用一瓦釜，作羹则用一瓦锹。就地埋三石为灶，以椰子壳为勺。盛饭用中国瓦盘或铜盘；羹则用树叶造一小碗，虽盛汁亦不漏。又以葵叶制一小勺，用兜汁入口，用毕则弃之。虽祭祀神佛亦然。又以一锡器或瓦器盛水于傍，用以蘸手。盖饭只用手拿，其粘于手者，非水不能去也。

饮酒则用镴器，可盛三四盏许，其名为恰。盛酒则用蹾注子。贫人则用瓦钵子。若府第富室则一一用银，至有用金者。国主处多用金为器皿，制度形状又别。

地下所铺者，明州之草席，或有铺虎豹麂鹿等皮及藤簟者。近新置矮桌，高尺许。睡只以竹席卧于地。近又用矮床者，往往皆唐人制作也。

夜多蚊子，亦用布罩。国主内中，以销金缣帛为之，皆舶商所馈也。

稻子不用砻磨，止用杵臼耳。

（三十一）车轿

轿之制以一木屈其中，两头竖起，雕刻花样，以金银裹之，所谓金银轿杠者此也。每头一尺之内钉钩子，以大布一条厚折，用绳系于两头钩中，人坐于布内，以两人抬之。轿外又加一物如船篷而更阔，饰以五色缣帛，四人扛之，随轿而走。

若远行，亦有骑象、骑马者，亦有用车者。车之制却与他地一般。马无鞍，象却有凳可坐。

（三十二）舟楫

巨舟以硬树破版为之。匠者无锯，但以斧凿之，开成版；既费木，且费工，甚拙也。凡要木成段，亦只以凿凿断；起屋亦然。船亦用铁钉，上以茭叶盖覆之，却以槟榔木破片压之。此船名为新拿，用棹。所粘之油，鱼油也；所和之灰，石灰也。

小舟却以一巨木凿成槽，以火熏软，用木撑开；腹大，两头尖，无篷，可载数人，止以棹划之，名为皮兰。

（三十三）属郡

属郡九十余，曰真蒲，曰查南，曰巴涧，曰莫良，曰八薛，曰蒲买，曰雉棍，曰木津波，曰赖敢坑，曰八廝里。其余不能悉记。各置官属，皆以木排栅为城。

（三十四）村落

每一村，或有寺，或有塔。人家稍密，亦自有镇守之官，名为买节。大路上自有歇脚去处，如邮亭之类，其名为森木。因屡与暹人交兵，遂皆成旷地。

（三十五）取胆

前此于八月内取胆，盖占城主每年来索人胆一瓮，可千余枚。遇夜则多方令人于城中及村落去处，遇有夜行者，以绳兜住其头，用小刀于右胁下取去其胆，俟数足，以馈占城主。独不取唐人之胆，盖因一年取唐人一胆杂于其中，遂致瓮中之胆俱臭腐而不可用故也。近年已除取胆之事。另置取胆官属，居北门之里。

（三十六）异事

东门之里，有蛮人淫。其妹者，皮肉相粘不开，历三日不食而俱死。余乡人薛氏，居番三十五年矣，渠谓两见此事。盖其国圣佛之灵，所以如此。

（三十七）澡浴

地苦炎热，每日非数次澡洗则不可过，入夜亦不免一二次。初无浴室盂桶之类，但每家须有一池；否则亦两三家合一池。不分男女，皆裸体入池，惟父母尊年者在池，则子女卑幼不敢入。或卑幼先在池，则尊年者亦须回避之。如行辈则无拘也，但以左手遮其牝门入水而已。

或三四日，或五六日，城中妇女三三五五，咸至城外河中澡洗，至河边脱去所缠之布而入水。会聚于河者，动以千数，虽府第妇女亦预焉，略不以为耻。自踵至顶，皆可得而见之。城外大河，无日无之。唐人暇日颇以此为游观之乐。闻亦有就水中偷期者。水常温如汤，惟五更则微凉，至日出则复温矣。

（三十八）流寓

唐人之为水手者，利其国中不著衣裳，且米粮易求，妇女易得，屋室易办，器用易足，买卖易为，往往皆逃逸于彼。

（三十九）军马

军马亦是裸体跣足，右手执标枪，左手执战牌，别无所谓弓箭、砲石、甲胄之属。传闻与暹人相攻，皆驱百姓使战，往往亦别无智略谋画。

（四十）国主出入

闻在先国主，辙迹未尝离户，盖亦防有不测之变也。新主乃故国主之婿，元以典兵为职。其妇翁殂，其女密窃金剑以付其夫，以故亲子不得承袭。尝谋起兵，为新主所觉，斩其趾而安置于幽室。新主身嵌圣铁，纵使刀箭之属著体，不能为害，因恃此遂敢出户。

余宿留岁余，见其出者四五。凡出时诸军马拥其前，旗帜鼓乐踵其后。宫女三五百，花布花髻，手执巨烛，自成一队，虽白日亦点烛。又有宫女皆执内中金银器皿及文饰之具，制度迥别，不知其何所用。又有宫女，手执标枪、标牌为内兵，又成一队。又有羊车、鹿车、马车，皆以金为饰。其诸臣僚国戚，皆骑象在前，远望红凉伞不计其数。又其次则国主之妻及姜媵，或轿或车，或马或象，其销金凉伞何止百余。其后则是国主，立于象上，手持金剑，象之牙亦以金套之。打销金白凉伞凡二十余柄，其伞柄皆金为之。其四围拥簇之象甚多，又有军马护之。若游近处，止用金轿子，皆以宫女抬之。大凡出入，必迎小金塔金佛在其前，观者皆当跪地顶礼，名为三罢。不然，则为貌事者所擒，不虚释也。

每日国主两次坐衙治事，亦无定文。凡诸臣与百姓之欲见国主者，皆列坐地上以俟。少顷闻内中隐隐有乐声，在外方吹螺以迎之。闻止用金车子，来处稍远。须臾，见二宫女纤手卷帘，而国主已仗剑立于金窗之中矣。臣僚以下，皆合掌叩头。螺声绝，方许抬头。国主随亦就坐。闻坐处有狮子皮一领，乃传国之宝。言事既毕，国主寻即转身，二宫女复垂其帘，诸人各起身。以此观之，则虽蛮貊之邦，未尝不知有君也。